AF281952

MordsAbgang
GRENZENLOS

Astrid Kallweit
Frank W. Kallweit

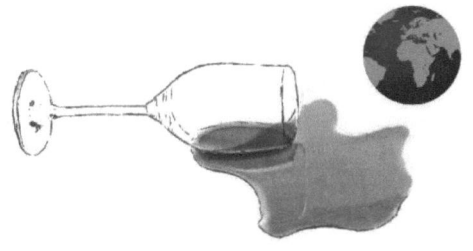

Krimi & Wein

1. Auflage

ISBN: 978-3-8192-2699-1

Alle Rechte beim Herausgeber
© 2025 Astrid & Frank W. Kallweit
Menden (Sauerland)
Umschlaggestaltung/Illustrationen
Frank W. Kallweit

April 2025

Verlag:
BoD · Books on Demand GmbH,
Überseering 33, 22297 Hamburg, bod@bod.de
Druck: Libri Plureos GmbH,
Friedensallee 273, 22763 Hamburg

INHALT

United States of America

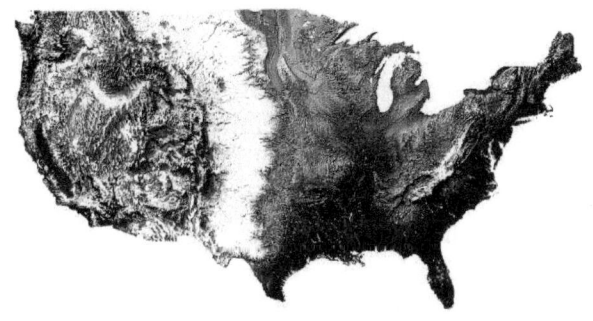

Frank W. Kallweit

Amerikas tiefer Fall
(Tatort: USA / Amerika)

Mein Name ist Karl, aber nennt mich doch einfach Charly, denn alle nennen mich seit meiner frühesten Kindheit so. Meine Geschichte, die ich euch hier erzähle, ist so unglaublich, dass ich sie nicht verschweigen kann, obwohl ich doch seither viel Schuld auf mich geladen habe. Eigentlich sollten es die glücklichsten Wochen meines Lebens werden. Es waren ja schließlich auch unsere Flitterwochen. Gut, es waren für mich nicht die ersten Flitterwochen. Dies ist aber eine ganz andere

Geschichte, die jedoch nach viel Schmerz und finanziellem Aderlass schon seit einigen Jahren der Vergangenheit angehört hatte.

Das neue Glück an meiner Seite war eine tolle Frau mit Namen Rosa Lopez. Sie arbeitete in Iserlohn in dem kleinen spanischen Tapas-Restaurant ihres Vaters. Genau dort hatte ich meine Traumfrau auch kennengelernt. Als Weinlieferant des Lokals waren mir die Türen weit geöffnet worden, wenig später war ich bereits ein Teil der Familie. Einer meiner besten Rotweine hatte den anfänglichen Widerstand meines Schwiegervaters brechen können. Für seine einzige Tochter hätte es eigentlich ein waschechter Spanier sein müssen, am besten ein Matador aus Andalusien. Ich hatte mich eher als das rote Tuch gefühlt. Doch meine edlen spanischen Rotweine und meine Begeisterung für Kultur und Küche des Landes hatten sein Herz geöffnet und mir damit den Weg in die Familie geebnet. Nach der großen Hochzeitsfeierlichkeit, die schon einem kleinen Volksfest glich, machten Rosa und ich uns auf den Weg nach Atlanta.

Die Vereinigten Staaten von Amerika waren unser Ziel für einen echten Traumurlaub. Fackeln im Sturm, Vom Winde verweht – wir wollten sie sehen, diese Drehorte und Kulissen der Filmgeschichte. Wie Scarlett O'Hara und Rhett Buttler wollten wir über die stattlichen Anwesen am Mississippi in den blutroten Sonnenuntergang reiten.

Eine erste Hürde galt es jedoch bereits direkt nach der Landung in Atlanta zu überspringen.

Mit reichlich Gepäck bewegten wir uns langsam der Übernahme des Mietwagens entgegen. Ein riesiger Platz zugeparkt mit Autos bis zum Horizont lag direkt vor uns. Auf einer der zahlreichen Laternen, die das gesamte Anwesen bevölkerten, sollten wir die Nummer 568 finden.

„Wo ist denn diese blöde Nummer", Rosa klang ziemlich genervt. Ihre Stimmung verbesserte sich auch nicht durch meinen Gesang.

„Ein Licht, das unsre Nummer trägt …"

„Endlich, da ist es", seufzte meine Frau voller Erleichterung.

Wir hatten es geschafft! Das gesuchte Mietauto stand vor uns. Gut, dieses Fahrzeug war ein wenig zu groß, es war ganz sicher nicht der bestellte Kleinwagen.

Was soll's? In den Staaten ist doch alles etwas größer als in Europa.

Rosa klang bedrückt: „Eine Beule!"

„Hast du dich gestoßen, Schatz? Ich hoffe, es ist nicht so schlimm. Warte, ich helfe dir sofort bei deinen Taschen."

„Mir tut nichts weh, aber das Auto …"

„Oh nein, das darf doch nicht wahr sein!", richtig laut schrie ich meinen Frust heraus.

Die Beifahrertür unseres Mietwagens war total demoliert.

„Das Auto müssen wir sofort reklamieren", schien für mich die einzige Lösung zu sein.

Rosa nickte zustimmend.

Unser Vorhaben war jedoch nicht ganz so einfach umzusetzen, da auf dem gesamten Gelände weit und breit keine Menschenseele zu sehen war. Also luden wir unsere Koffer ein und folgten mit unserem neuen Gefährt der unübersichtlichen Wegführung. Im Schritttempo fuhren wir durch ein Labyrinth von Einbahnstraßen. Bald hatten wir vollkommen unsere Orientierung verloren. Irgendwo sollte doch der Verwaltungspavillon zu finden sein.

„Pass auf!", schric Rosa.

Direkt vor mir war aus dem Boden ein eisernes Band mit Krallen hervorgeschossen.

Meine ganze Körperkraft warf ich auf das Bremspedal. Noch rechtzeitig vor dem Hindernis blieb unser Gefährt stehen. Ein bewaffneter Mann stürmte uns entgegen und schrie mich laut an: „Hände aufs Lenkrad! Ich will deine Hände sehen!"

Ich verharrte regungslos, da ich mich erstmal an den amerikanischen Slang gewöhnen und die Worte deuten musste.

Rosa reagierte mürrisch. „Ist das hier ein Wunschkonzert, oder was? Wer weiß, welchen Körperteil er gleich noch sehen will."

Irgendwie waren wir wohl ziemlich direkt auf das Hauptausgangstor zugesteuert und hatten die erforderlichen Kontrollstellen umfahren. Das Wachpersonal hielt uns offensichtlich für Autodiebe.

Ich folgte stumm den weiteren Anweisungen des Uniformierten, stieg seinem Befehl folgend ganz langsam aus dem Wagen aus und legte meine Hände aufs Autodach. Ein zweiter Wachmann kam seinem Kollegen zur Hilfe.

Was passierte nun hinter meinem Rücken? In meiner unbequemen Position verharrte ich einige Minuten. Irgendwie stieg in mir ein ungutes Gefühl auf. Was war das? Ein Druck auf meiner rechten Schulter. Ruckartige Bewegungen könnten in dieser Situation äußerst gefährlich sein. Ich versuchte meinen Kopf nicht zu bewegen, nur aus den Augenwinkeln wollte ich die Situation erfassen. Neben mir stand ein geschniegelter Anzugträger mit stark gegelten Haaren.

Er sprach langsam und deutlich ein für uns gut verständliches Englisch. „Das war aber wirklich ein fantastischer Test für unsere Security. Unsere Männer sind auf Zack. Mein Motto: Lieber gleich mit Kanonen auf Spatzen schießen, denn Time is Money. Ich sollte mich kurz vorstellen. Mein Name ist Mike Johnson, ich bin hier der Niederlassungsleiter. Sir, Sie glauben gar nicht, wie häufig versucht wird, eines unserer wunderbaren Fahrzeuge zu stehlen."

„So wunderbar ist dieses Auto aber überhaupt nicht", bemerkte ich etwas schnippisch.

„Keep cool. Das sollte doch wirklich kein Problem für uns sein, Sir."

Der geschniegelte Verkäufer pfiff laut auf zwei Fingern, dann wurde schon ein anderes Fahrzeug vorgefahren. Dieses Vehikel war noch eine Nummer größer, aber nicht unbedingt weniger ramponiert. Ich hatte noch kein einziges Wort gesagt, meine Gesichtszüge jedoch hatten offenbar meine Gedanken verraten, denn ein weiterer Pfeifton rief ein neues Mietauto. Wieder war das Objekt beachtlich gewachsen. Ich war einen Moment lang sprachlos.

Der Krawattenträger setzte ein breites Grinsen auf.

„Low Budget for a big World, that's America!"

Ich lächelte etwas gequält: „Wundervoll, einfach wundervoll."

„Ja, bei uns ist der Kunde König."

Ich stieg mit meiner Frau und unserem Gepäck in das neue Gefährt und verließ zügig auf sicherem Weg das Gelände. Die Wachposten salutierten militärisch, während der Verkäufer mit seinem mit Stars and Stripes bedruckten Taschentuch winkte.

„Aber dieser Wagen hat doch noch mehr Schrammen", kommentierte Rosa völlig verwundert meine Entscheidung, als wir uns schon einige Meilen entfernt hatten.

„Einmal muss wirklich genug sein", seufzte ich.

„Sonst wären wir am Ende noch mit einem Monstertruck vom Platz gefahren."

Dieses Spektakel hatte uns sehr viel Zeit gekostet. Die letzten Sonnenstrahlen waren am Horizont zu sehen. Rosa übernahm für den ersten Teil der Strecke das Steuerrad und ich sollte ihr als Lotse den Weg weisen. Je vertrauter ihr das Auto wurde, desto forscher wurde ihre Fahrweise. Die zunehmende Dunkelheit erschwerte mir das Erkennen der Verkehrsschilder.

„Da vorn, das ist unsere Ausfahrt!", bemerkte ich lautstark.

„Das hätte dir mal etwas eher einfallen sollen. Sechs Spuren weiter nach rechts zu wechseln bei diesem dichten Verkehr, das braucht einen gewissen Vorlauf. Wir nehmen einfach die nächste Ausfahrt."

Als so einfach entpuppte sich diese Lösung leider nicht. Die Strecke bis zur nächsten Ausfahrt zog sich in die Länge. In der Zwischenzeit war es ziemlich finster geworden. Das lag nicht nur am mangelnden Tageslicht. Die Gegend, in der wir uns nun bewegten, war richtig finster.

„Irgendwie müssen wir hier wieder ganz schnell weg, jetzt nur keine Panne", dachte ich und blickte auf trostlose Hauseingänge und verwitterte Fassaden.

„Was ist das?", schrie Rosa laut auf.

Die zeitgleiche Vollbremsung drückte mich fest in den Gurt. Ein lauter Knall folgte. Rosa saß regungslos und stumm auf ihrem Platz.

„Ist bestimmt halb so schlimm", versuchte ich meine Frau zu beruhigen, ohne selbst die geringste Ahnung davon zu haben, was genau geschehen war.

Ich stieg vorsichtig aus dem Mietwagen. Um mich herum lag tiefe Dunkelheit, nur mein Handy spendete mir etwas Licht. Es dauerte eine gefühlte Ewigkeit, bis ich die Front des Autos erreicht hatte. Oh nein, es war alles noch viel schlimmer, als von mir befürchtet. Als Rosa das Fahrzeug ein Stück zurückgesetzt hatte, sah ich im Scheinwerferlicht erst das gesamte Ausmaß des Aufpralls.

„Ist es schlimm?", fragte Rosa zaghaft.

„Ein Mann liegt mitten auf der Straße, den sollten wir ins Krankenhaus bringen", versuchte ich die Situation in kurzen Worten zu schildern, ohne die Gefühlslage meiner Frau weiter zu verschärfen.

„Ja, wenn er das möchte, sollten wir das tun. Der kennt bestimmt auch den Weg dahin", klang Rosa etwas gefasster.

Mittlerweile war mir jedoch klar geworden, dass uns der Mann, der verletzt vor meinen Füßen auf der schmutzigen Straße lag, sicher nicht mehr den Weg in die nächste Klinik würde weisen können. Jede ärztliche Hilfe wäre vergebens, daran bestand für mich kein Zweifel, denn der Mann war mausetot. Die folgenden Handlungen waren nicht bewusst von meinem Verstand gesteuert worden. Sie liefen nach einer vorbestimmten Automatik ab, die durch die Ereignisse ausgelöst worden war. Ich schleifte den leblosen Körper über den Asphalt bis zum Fahrzeugheck, wo ich ihn wie ein weiteres Gepäckstück verstaute. Unser Luxusgefährt besaß einen klimatisierten Kofferraum. Warum braucht man so etwas? Diese Frage hatte ich mir oft bei angebotenen Sonderausstattungen der Autohersteller gestellt. Jetzt hatte ich für diese Zusatzfunktion eine Antwort gefunden. Meine Frau verweilte stumm im Auto.

Auf den nächsten Meilen, ich hatte das Steuerrad übernommen, versuchte ich nun, meiner Frau die Auswirkungen ihrer Kollision mit der männlichen Person nahezubringen.

„Rosa, das Krankenhaus können wir uns sparen. Der Mann ist tot."

Meine Frau zeigte keine erkennbare Reaktion. Sie fiel in eine Art Schockstarre.

In einem Vorort der Limonadenmetropole, der uns einen sicheren Eindruck vermittelte, hielten wir an. Wir brauchten dringend Hilfe, was mir bei diesen Ereignissen in einem fremden Land nicht ganz einfach erschien. Nach Hause telefonieren, war mein erster Gedanke. Ich musste unbedingt meinen Freund Klaus kontaktieren. Als Jurist würde er mir sicherlich weiterhelfen können. „Weißt du eigentlich, wie spät es hier in Deutschland ist?", reagierte Klaus äußerst mürrisch am anderen Ende der Leitung.

Ich war nur erleichtert, seine Stimme zu hören. Über die verschiedenen Zeitzonen hatte ich mir wirklich keinerlei Gedanken gemacht.

„Ich hoffe nur, dass es einen wichtigen Grund für deinen Anruf gibt", hatte Klaus im gleichen Tonfall ergänzt.

Diesen Wunsch konnte ich meinem Freund erfüllen.

„Also, um es kurz zu machen. Rosa und ich sind heute in Atlanta gelandet …"

„Flitterwochen, ich weiß …", fuhr Klaus dazwischen.

„Leg nicht auf, ich brauch' dich. Rosa hat hier einen Mann überfahren, in einer wirklich fiesen Gegend."

„Habt ihr die Polizei gerufen?" Klaus klang sehr konzentriert.

„Nein, wir haben uns um das Opfer gekümmert. Wir wollten ihn direkt ins Krankenhaus bringen, nur schnell die finstere Gegend verlassen."

„Wo ist der Verletzte nun?"

„Er liegt im Kofferraum unseres Mietautos."

„Was? Das ist doch nicht möglich", Klaus zweifelte an meinen Worten.

„Doch das stimmt, der Mann ist tot", ergänzte ich.

„Du willst mir allen Ernstes sagen, dass ihr nun mit einer Leiche im Gepäck durch die USA reist?" Klaus konnte immer noch nicht glauben, was ihm am Telefon geschildert worden war. „Doch, das ist ja unser Problem. Deshalb brauchen wir dringend deinen juristischen Rat."

„Der Unfall geschah in einer finsteren Gegend, hattest du gesagt. Dann habt ihr sicher einen Schwarzen überfahren. Ein guter Anwalt ..." „Das Opfer ist weiß", fuhr ich dazwischen.

Nach einer kurzen Pause ergänzte Klaus: „Und dann wurde das Opfer noch von einer Latina umgebracht."

„Klaus, es war doch ein bedauerlicher Unfall und meine Frau ist Spanierin", ich war verzweifelt.

„Das fällt gar nicht auf. Rosa ist zurzeit wirklich ziemlich blass. Was sollen wir nun der Polizei sagen?"

„Polizei? Weißt du denn nicht, dass in einigen Bundesstaaten noch die Todesstrafe vollzogen wird."

Dieses Telefonat war keine Hilfe. Es entwickelte sich vielmehr zu einem Albtraum.

„Benehmt euch ziemlich unauffällig, so wie normale Touristen. Fahrt am besten in eine ländliche, eine richtig weiße Gegend. Dort solltet ihr einige Tage untertauchen. Irgendwann müsst ihr natürlich euer Problem unauffällig beseitigen. Es kommt die Zeit, da wird sich schon eine Lösung anbieten. Mehr kann ich auch nicht für euch tun. Viel Glück!"

Dann war die Leitung gekappt, Deutschland schien unerreichbar weit.

Wir waren noch einige Meilen weitergefahren, einfach immer Richtung Westen. Unterwegs hatten wir einen Stopp eingelegt und etwas eingekauft, Tortillas, Dips, Flaschen mit Mineralwasser, eine Gallone Weißwein und viele Rollen Frischhaltefolie. In einem einfachen Motel direkt an der Hauptstraße verbrachten wir die erste Nacht unserer Flitterwochen. Alles an diesem Ort war blau-weiß-gestreift, Wände, Möbel, Vorhänge, selbst die Bettwäsche trug diese Farbkombination.

Rosa klang beim Anblick der Umgebung etwas hysterisch. „Hier kann ich nicht bleiben. Ich mach' an diesem Ort kein Auge zu."

„Liebling, das ist auch nicht meine erste Wahl. Mir wäre schwarz-gelb auch lieber gewesen. Das wahre Leben ist nun mal kein Wunschkonzert."

„Nein, aber das hier erinnert mich an Knast und Häftlingskleidung."

„Rosa, da musst du dir keine Gedanken machen. Die Häftlinge hier tragen orange Overalls."

Ich weiß nicht warum, aber diese Worte hatten meine Frau beruhigt. Am nächsten Morgen begutachtete ich zuerst die Front unseres Autos. Bis auf ein paar Schrammen hatte der Unfall keine Spuren am Fahrzeug hinterlassen, dafür umso mehr in unseren Seelen. Das Auto hatte ich rückwärts eingeparkt, direkt vor den Eingang unseres Motel-Appartements. So konnte ich mich unbeobachtet um unseren Gast im Kofferraum kümmern.

„Da wollen wir mal schauen, ob die Werbeversprechen wirklich zutreffen."

In einer aufwendigen Prozedur wickelte ich den Körper komplett in Frischhaltefolie ein. Schief gewickelt, dachte ich, egal. Hauptsache, es funktioniert. Anschließend warf ich eine Decke aus dem Kofferraum über ihn. Zuletzt konnten unsere Koffer mit dem Gepäck eingeräumt werden und wir waren abreisebereit.

Als nächstes Ziel unserer besonderen Rundfahrt mit Sonderfracht hatte ich ein kleines Örtchen in Texas ausgewählt. Die Sonne strahlte am wolkenlosen Himmel, eine echte Erholung für unsere Gemüter. Das aufkommende Hungergefühl dokumentierte, dass wir bereits einige Stunden unterwegs waren. Gegen Mittag erreichten wir Holy Springs. Ganz im Zeitplan passierten wir das Ortsschild der kleinen Gemeinde. Genau in diesem Moment traf uns ein heller Blitz aus heiterem Himmel.

„Oh nein, wenn das kein böses Zeichen ist. Ein Zeichen von ganz weit oben", klang Rosa verzweifelt.

Laute Sirenen ließen sie abrupt verstummen. Ein Polizeiwagen mit Blaulicht überholte uns mit hoher Geschwindigkeit und zwang uns durch starkes Abbremsen zum Halten.

„Wir müssen jetzt ganz ruhig sein. Keine hektischen Bewegungen. Hier wird sofort geschossen", versuchte ich mich und meine Frau auf die neue Situation einzustimmen.

Meine beiden Hände hatte ich gut sichtbar aufs Lenkrad gelegt. In dieser Position verharrte ich wie versteinert. Ein weißer Sheriff erschien. Er sah so aus, als hätte man ihn für Dreharbeiten eines Western ausstaffiert: großer Hut, dunkle Sonnenbrille, Revolver im Halfter und an der Brust einen großen Metallstern.

Ich konzentrierte mich darauf, eine gewisse Ruhe auszustrahlen, obwohl es in meinem Innern brodelte. Langsam öffnete ich das Seitenfenster. „Guten Tag, Sir. Sie wissen welchen Vergehen Sie sich schuldig gemacht haben?"

Rosa rutschte nervös auf dem Beifahrersitz hin und her. Das war kein gutes Zeichen. Dann platzte es laut aus ihr heraus. „Ich habe dir gleich gesagt, das geht nicht gut."

„Beruhigen Sie sich, so etwas kommt hier schon häufiger vor", reagierte die Ordnungsmacht mit ruhiger Stimme.

„Das habe ich auch schon gelesen, dass so etwas hier völlig normal ist. Aber in Deutschland ist das nicht so. Das macht es für mich so schwierig. Für uns ist das wirklich das erste Mal", Rosa brach bei ihren Worten in Tränen aus.

„Für uns das erste Mal als Eheleute. Wir sind hier in den Flitterwochen", versuchte ich die Situation zu retten.

Der Polizist blickte angestrengt suchend ins Wageninnere. „So, ein frisch vermähltes Ehepaar aus Deutschland sitzt also hier im Auto vor mir", fasste der Sheriff zusammen.

„Ja, genau", bestätigte ich kurz.

Der Polizist schwieg, schien zu überlegen.

„Wir sind beide Deutsche. Die Haare meiner Frau sind normalerweise heller. Viel heller. Blond", nutzte ich die kurze Pause.

Der Polizist schaute mich ziemlich irritiert an. „Ja, nicht richtig blond. So ein mittelblond", ergänzte ich.

Wiederholt zögerte der Polizist, zeigte keinerlei Reaktion und machte einen nachdenklichen Eindruck. „Manche Menschen werden seltsam, wenn sie verheiratet sind. Heute werde ich mal Gnade vor Recht walten lassen und für die Geschwindigkeitsübertretung nur eine mündliche Verwarnung aussprechen. Fahren Sie in Zukunft langsamer", verkündete der Sheriff sein Urteil.

Gerade wollte der Ordnungshüter die Kontrolle beenden und sich von unserem Auto abwenden, da stockte er.

„Was ist das da hinten?", wollte der Polizist wissen.

„Was meinen Sie?", antworteten wir im Chor sichtlich nervös.

„Eine angebrochene Weinflasche liegt im Auto!", der Polizist klang vorwurfsvoll.

Ehe ich antworten konnte, hatte Rosa bereits reagiert.

„Diese Flasche konnten wir wirklich nicht an einem Abend leeren. Wir vertragen ja einiges, aber was zu viel ist, ist zu viel. Eine Gallone, das sind ja fast vier Liter."

In mir wuchs die Befürchtung, dass Rosa mit ihren Worten unsere Situation nicht unbedingt verbessert hatte.

„Schatz, ich glaube, das wollte der Herr Polizist jetzt gar nicht hören", versuchte ich meine Frau zur Zurückhaltung zu bewegen.

Eine tiefe unbekannte Männerstimme ließ uns zusammenzucken.

„Zwei arme Sünder auf dem Weg in unsere Gemeinde."

Der Gemeindepfarrer begleitete den Sheriff auf seinen Streifzügen durch das Gemeindegebiet. Unbemerkt hatte er das Polizeiauto verlassen und sich neben den Polizisten gestellt. Da hier nicht nur die Tatbestandsmerkmale einer Straftat erfüllt waren, sondern auch gesündigt worden war, waren beide Ordnungsmächte gleichermaßen betroffen. Uns als Delinquenten wurden zwei Wege aufgezeigt. Wobei uns der Weg der weltlichen Macht viel steiniger erschien. Die Entscheidung über ein eingeleitetes Verfahren lag allein beim zuständigen Friedensrichter, auf dessen Eintreffen es galt, in der Gefängniszelle des Ortes zu warten. Erfahrungsgemäß könne sich die Wartezeit jedoch auch auf mehr als vierzehn Tage verlängern. Alternativ könne auf ein förmliches Strafverfahren verzichtet werden, wenn wir die Bereitschaft zur Buße erkennen lassen würden. Die Fracht im Kofferraum ließ uns keine Wahl.

„Wir wollen Buße tun. Der Teufel Alkohol muss vertrieben werden", wählte ich den einzig möglichen Weg für uns.

Rosa schwieg.

Der Kirchenvertreter begrüßte diese Entscheidung: „Eine lobenswerte Einstellung, mein Sohn. Kehrt auf den rechten Weg zurück."

Wie rechts dieser Weg war, sollten wir später noch erfahren. Das Mietauto wurde in einer nahe gelegenen Scheune untergestellt. Anschließend lud ich zwei Taschen mit Gepäck in das Polizeiauto.

„Brauchen Sie noch etwas aus ihrem Auto?", fragte der Polizist.

„Nein, nein, das wird reichen", lehnte ich das Angebot entschlossen ab.

Bisher war unser Mitreisender unentdeckt geblieben. Jedes Öffnen des Kofferraums ließ die Anspannung unerträglich werden. In der Scheune hatten wir einen kühlen Platz für die nächsten Tage gefunden und verließen diesen Ort in der Hoffnung, dass niemand unser Geheimnis lüften würde. Rosa und ich stiegen in das Fahrzeug der Staatsmacht und ergaben uns unserem Schicksal. In der Mitte der Rücksitzbank saß der Pfarrer, am Steuer der Sheriff.

„Was machen Sie beruflich. Das muss ich wissen, damit ich sie sinnvoll beschäftigen kann", wollte der Priester von uns erfahren.

„Ich handle mit Wei…"

Rosa schoss dazwischen. „Weihrauch. Mein Mann handelt mit Weihrauch."

Ich nickte erleichtert. Da hatte Rosa wirklich gut reagiert.

„Das ist ein ungewöhnlicher Beruf. Davon kann man in Deutschland leben?"

Ich nickte nur. Rosa gab an, als Köchin zu arbeiten. Sie sollte entsprechend Verwendung finden. Mir wurde die Aufgabe zugeteilt, die Hauptstraße von Unrat zu reinigen.

Vor uns lag ein typisches Westerndorf mit einer langen Straße, einer sehr langen Straße. Dieser Ort erinnerte mich irgendwie an einen Freizeitpark im Sauerland, doch dort waren die Bösen sofort zu erkennen. In der Westernstadt in Texas waren die Gebäude wie Perlen an einer Kette aufgereiht. Am Dorfeingang befand sich ein Krämerladen mit Kisten und Säcken vor der Tür, unser erster Halt. Hier wurde ich für meine neue Aufgabe eingekleidet. Blauer Overall und Gummistiefel, Schaufel und Besen sollten die Arbeitsausstattung für die nächste Zeit werden. Die Ausstattung musste ich natürlich selbst bezahlen. Anschließend setzten wir unsere Fahrt fort. Wir fuhren die Straße weiter an verschiedenen kleinen Häusern entlang, einem Friseur für die Ladys und einem Barbershop für die Männer mit großen Schaufenstern, einem Metzgerladen, einer Bäckerei, einem Schmied am offenen Feuer und einer Gemeindeverwaltung mit großer Gemeinschaftsküche. Alles war vorhanden, um sich vor Ort zu versorgen, fast alles, denn es fehlte der Saloon. Teufelswerk hatte scheinbar hier keinen Platz gefunden. Überall waren riesige amerikanische Flaggen gehisst oder schmückten Teile der Hausfassaden. Genau im Zentrum befand sich die Polizeistation mit dem Gefängnis auf der einen Straßenseite und gegenüber lag die stattliche Kirche. Der Polizeiwagen stoppte an dieser Stelle. Der Sheriff war aus dem Wagen gesprungen und verkündete lauthals: „Wir sind stolz auf unser Land und unseren zukünftigen Präsidenten. Dafür würden wir auch …"

In diesem Moment zog er seinen Revolver und schoss in den Himmel. „Dafür würden wir auch mit unseren Waffen kämpfen", verkündete der Sheriff lautstark.

High Noon, willkommen im wilden Westen.

„Sollten Ungläubige es wagen, uns und unsere Familien zu bedrohen, dann sind wir bereit, in den heiligen Krieg zu ziehen."

Oje, wo waren wir hier gelandet. Es schien wie eine Zeitreise, weit, weit zurück.

„Bis jetzt hat aber noch kein Ungläubiger gewagt, einen Fuß in unseren Ort zu setzen", ergänzte der Pfarrer.

„Oh, es ist Wahlkampf?", warf Rosa ein und wies mit der Hand auf eines der zahlreichen Plakate, die überall im Ort hingen.

Alle trugen dasselbe Motiv: „Ronald Blond, unser Präsident."

Der Polizist hielt einen Moment lang inne, bevor er weiterredete. „Er wurde von Gott gesandt, um uns und unsere ganze Nation vor dem Bösen zu schützen."

„Amen", ergänzte der Priester lautstark.

Auf der Straße um uns herum waren viele Männer und Frauen unterwegs, die überhaupt nicht panisch oder irritiert auf die Schüsse reagiert hatten. Ungestört verrichteten sie ihre Dinge weiter, als wäre nichts geschehen. Die meisten Männer in diesem Ort waren blond und trugen genau die Föhnfrisur ihres zukünftigen Präsidenten.

„Ich hatte eher erwartet, dass hier in den Staaten, die Männer die Tolle von Elvis Presley tragen würden", bemerkte Rosa überrascht.

„Bitte? Meinen Sie das wirklich ernst?", der Priester schien entsetzt.

Wir hatten wahrlich genug andere Sünden auf uns geladen, da sollte uns doch nicht eine Frisur zum Verhängnis werden.

„Nein, nein, meine Frau meint das nicht so. Wir lieben blond. Richtig schön blond sollte es sein", ich bemühte mich, die Wogen zu glätten.

Doch der Kirchenmann schien von meinen Worten unbeeindruckt: „Diese fürchterliche Musik und dann seine unsittlichen Lendenzuckungen. Da hat doch der Teufel seine Hand im Spiel." „Wir haben ja nur seine Musik gehört", warf Rosa reumütig ein.

„Und die Musik läuft bei uns nur ganz selten", ergänzte ich.

Mittlerweile hatten wir einmal das gesamte Dorf durchquert und waren am anderen Ende angekommen. Hier lag ein kleines, sehr schlichtes Holzgebäude. Motel stand in roten Lettern über der Eingangstür. Es erweckte den Eindruck, als wäre es für die ersten Siedler errichtet worden. Uns wurde ein sehr einfaches, tristes Zimmer mit zwei harten Stahlbetten zugewiesen.

„Wenn hier die Hotelzimmer so trostlos aussehen, dann möchte ich wissen, wie erst die Gefängniszellen hier aussehen", reagierte Rosa entrüstet.

„Liebling, lieber nicht. Das wollen wir nicht wissen", versuchte ich meine Frau zu beruhigen.

Unsere Flitterwochen hatten wir uns doch etwas anders vorgestellt. Aber dieser Ort hatte auch etwas Gutes, hier würde uns gewiss niemand vermuten und nach uns suchen. Die Ereignisse der letzten Stunden waren sehr kräftezehrend gewesen. Unsere Erschöpfung ließ uns tief und fest schlafen. Erst ein lautes Klopfen an der Tür, es war kurz nach Sonnenaufgang, erinnerte uns daran, dass wir nicht mehr als normale Touristen durch Amerika reisten. Nach einem einfachen Frühstück trennten sich unsere Wege. Rosa wurde von Frauen in geblümten Kitteln in die Küche des Gemeindehauses geleitet. Schon wenig später war sie eine von ihnen.

Ich fand mich in der Straßenreinigungskolonne wieder. Dieser Trupp zog mit Besen und Schaufeln den ganzen Tag die Hauptstraße entlang, erst in die eine Richtung und dann wieder zurück. Die meisten meiner Kollegen waren auffallend blond und von schlichtem Gemüt. Joe war da anders. „Na, was hast du denn ausgefressen?", begrüßte er mich mit einer sehr direkten Frage.

„Der Sheriff hat mich erwischt, zu schnell gefahren und dann noch Alkohol im Auto. Und du?"

„Mich hat der Pastor im Park erwischt", antwortete Joe. „Nicht allein, zusammen mit meiner Freundin im Park", ergänzte der junge Mann.

„Ihr habt da …" Ich konnte gar nicht meinen Satz beenden, da fiel er mir schon ins Wort.

„Nein, das nicht. Hier gilt vorehelicher Verkehr als Todsünde."

Nach einer kurzen Pause flüsterte er mir zu: „Wir haben Gras geraucht. Ich kann dir nur einen Rat geben, pass dich an, sei unauffällig und nutze die erste Chance zur Flucht! Aber lass dich nicht erwischen."

Der erste Arbeitstag verging wie im Flug. Die Sonne hatte schon ihre Kraft eingebüßt, als ich endlich in unser Hotelzimmer zurückkehren konnte. Rosa war bereits dort und lag ausgestreckt auf dem Bett. Sie drehte ihren Kopf zu mir und begann hysterisch wie am Spieß zu kreischen. Ich hatte große Mühe, meine Frau zu beruhigen.

„Warum machst du das?", schrie sie mich an. „Du weißt doch, wie angespannt meine Nerven zurzeit sind. Solche Scherze kannst du dir in Zukunft wirklich sparen." Dabei blickte sie mich wütend an.

„Es ist kein Scherz, mein Schatz", begann ich ruhig meine Erklärung. „Das ist ein Teil unserer neuen Strategie!"

Rosa musterte mich genau und schüttelte verständnislos ihren Kopf.

Ich hatte meine Mittagspause für einen Besuch beim Friseur hier am Ort genutzt. Das Ergebnis: Nun trug ich auch die blonde Haarpracht des Auserwählten.

„Frisch geföhnt und der Tag gehört dir."

Rosa schaute mich zweifelnd an. „Das ist doch der Wahnsinn …", flüsterte sie leise.

„Nein, das ist eine gute Taktik. Wir müssen uns anpassen, wir müssen genauso werden wie die Menschen hier. Du wirst eine von den geblümten Küchenfrauen und ich ein blonder Straßenarbeiter. Wir schwimmen einfach im Schwarm, tauchen in der Gruppe unter. Niemand wird uns mehr beachten. Das ist unsere Chance. Irgendwann wird der Tag kommen, an dem wir unsere Flucht planen und uns unbemerkt absetzen können."

Rosa hatte stumm gelauscht und nickte zustimmend. Nach einer Weile lächelte sie.

„Sind wir jetzt Bonny und Clyde?"

„Wenn ich uns so betrachte", bei meinen Worten blickte ich in den Spiegel am Kleiderschrank, „dann sind wir doch eher Heino und die schwarze Barbara."

Als ich an unsere Ladung im Kofferraum dachte, wurde mir bewusst, dass wir eigentlich schon längst als Gaunerehepaar unterwegs waren. Hoffentlich würde die Geschichte nicht wie bei Bonny und Clyde im Kugelhagel der Polizei enden. Dann würde ich schon lieber das Ende eines Rosamunde-Pilcher-Romans wählen. In der nächsten Zeit gingen wir unauffällig unseren zugeteilten Aufgaben nach. Es dauerte nicht lange, da gehörte mein Job als Straßenreiniger schon der Vergangenheit an. Gemeinsam mit meinem Kollegen Joe wurde ich von der Gemeindeverwaltung einem neuen Projekt zugeteilt.

Direkt am Eingang des Ortes sollte ein riesiges Holzgebäude entstehen. Beim Anblick war ich doch ziemlich verwundert.

„Der Bau hat aber irgendwie eine eigenartige Form. Was soll das denn eigentlich werden?"

Der Vorarbeiter reagierte ziemlich barsch. „Du sollst keine dummen Fragen stellen, sondern einfach die Baumstämme schleppen."

In einem unbeobachteten Augenblick flüsterte Joe mir zu: „Wir sollen hier die Arche Noah bauen."

„Ganz neu ist die Idee ja nicht. Hab schon mal davon gehört. Macht es denn nicht mehr Sinn, ein

Schiff in der Nähe von Wasser zu bauen? Hier in dieser Gegend ist es doch furztrocken! Nach Sturzregen und Flut sieht das Wetter wirklich nicht aus."

„Es sind nur noch wenige Wochen bis zur Präsidentenwahl. Blond ist unser Kandidat, der Präsident der guten Amerikaner. Er wird von den Massen geliebt."

„Ja, dann ist ja alles klar."

„Ja, wären da nicht die Kommunisten und die bösen Kräfte der Unterwelt. Sie wollen Blond die Wahl stehlen und uns in den Abgrund stürzen. Sollte Blond um die Wahl betrogen werden, dann wird Gott uns als Strafe eine riesige Sintflut schicken. Vorboten waren schon die letzten Tornados. Dank unserer Arche wird dies hier der sicherste Ort der Welt sein. Nur wir hier, die Auserwählten und einige Tiere werden die Katastrophe überleben."

Das erste Unwetter hatten wir bereits heraufbeschworen. Gegen den unausgesprochenen Grundsatz Schweigen und Arbeiten hatten wir verstoßen. Unser Vorarbeiter reagierte ziemlich sauer und faltete uns lautstark zusammen.

Am Abend traf ich mich mit Joe im kleinen Park, der hinter der Dorfkirche neben dem Friedhof lag. Dort wollte er sich mit ein paar Freunden auf eine „neue Föhnwelle", wie er sagte, treffen. Dank meiner neuen Frisur besaß ich schon eine Föhnwelle.

Was sich genau hinter seinen Worten verbergen sollte, ahnte ich nicht.

Ich ließ mich einfach auf dieses Treffen ein und war zur verabredeten Zeit vor Ort. Die Grünanlage schien menschenleer. Ich verweilte einen Moment lang und versuchte mit meinen Augen die Umgebung genauer zu erkunden. In der Dunkelheit sah ich einige menschliche Umrisse. Eine Hand voll ziemlich blonder Männer kauerte verteilt im Park hinter Büschen und Sträuchern. Eine Person winkte mir zu. Als ich Joe erkannte, war ich erleichtert.

„Jungs, was geht denn hier ab?", wollte ich wissen.

„Psst, sei gefälligst leise. Oder willst du, dass wir alle auffliegen? Jetzt hock dich zu mir", raunte er mir im Flüsterton zu.

In meiner neuen Position beobachtete ich genau, was Joe da im Busch kauernd so trieb. Er hielt eine Dose Haarspray in der Hand und sog den Inhalt tief in seine Lungen ein.

„Ein kleiner Freudenspender. Er lässt dich reisen. Komm mit und nimm einen Zug."

Entsetzt schüttelte ich meinen Kopf.

„Das ist das einzige", setzte Joe fort, „was wir hier haben. Ein kleines Stück Freiheit für uns." „Freiheit? Ihr seid nur Sklaven dieser Droge. Ihr seid Junkies. Mann, das Zeug verklebt nicht nur die Lungen, es verklebt euer Hirn." Ich war richtig aufgebracht und konnte nur schwer meine Stimme dämpfen.

„Früher hatten wir nur Weihrauch. Aber glaub mir, dieses Zeug wirkt besser."

Ihnen war nicht mehr zu helfen, Blond hatte ihnen den Verstand verklebt und sein Haarspray verklebte die übrigen menschlichen Teile. Behutsam hatte ich mich aus diesen Kreisen zurückgezogen und war in mein Motelzimmer zurückgekehrt. Kraftvoll hatte ich die Zimmertür geschlossen.

„Rosa, wir müssen sofort hier raus, weg aus diesem Ort."

Mit diesen Worten begrüßte ich meine Frau, die mich überrascht anschaute.

„Wir müssen weg, bevor ich hier als Haarspray-Junkie ende."

Ich erzählte Rosa von den abendlichen Ereignissen und schloss meinen Bericht mit den Worten: „Außerdem müssen wir endlich unseren Mitreisenden loswerden."

Rosa seufzte laut. Genau wie ich hatte sie diese Last in ihrem Kopf einfach verdrängt. Die Entscheidung war getroffen. Die folgende Nacht sollte noch kürzer werden als die Nächte zuvor.

Zwei Uhr morgens klingelte mein Wecker. Ich schlüpfte in meine Arbeitskluft und Rosa zog ihren Kittel an. Die Taschen mit unserem Gepäck mussten wir zurücklassen. Abends hatten wir bereits einige Dinge ausgewählt. Ein kleiner Rucksack mit dem Nötigsten, der musste genügen. Niemand sollte die eigentliche Absicht unseres Ausflugs zu so früher Stunde erkennen. Wir durften uns nicht verdächtig machen.

Das Dorf lag im Dunkeln der Nacht und wirkte noch verschlafener als sonst. Nur der Mond spendete ein wenig Licht. Das sollte genügen. Vorsichtig arbeitete ich mich von Haus zu Haus vor. Ich nutzte dabei jeden Mauervorsprung als Deckung. Rosa folgte mir mit einigem Abstand in gleicher Weise. Aufmerksam beobachtete ich die gesamte Dorfstraße. Es herrschten gute Bedingungen für unsere Flucht, keine Menschenseele war weit und breit zu sehen. Die Dunkelheit bot uns ausreichend Schutz. Nur im Polizeibüro brannte Licht. Der direkte Weg schien mir an dieser Stelle zu gefährlich zu sein, deshalb lief ich einen größeren Bogen, um dann anschließend wieder auf die Hauptstraße zurückzukehren. Als ich auf die Straße einbog, passierte es.

Nein, so ein Mist, ich war ertappt worden. Nur eine Unaufmerksamkeit von mir und ich stand im grellen Licht einer Taschenlampe.

„Einen schönen guten Morgen!", rief ich laut, um Rosa zu warnen.

Ich war direkt in die Arme einer der Nachtpatrouillen gelaufen.

„Guten Morgen! Wen haben wir denn hier? Da schau her, was macht denn unser Neuzugang so allein mitten in der Nacht auf der Straße? Willst du heimlich an der Arche weiterschrauben?" Zwei kräftig gebaute Männer aus der Bautruppe standen mir gegenüber.

„Nein, nein …", stammelte ich und suchte nach einer passenden Antwort. Mir fiel nur eine wirklich blöde Ausrede ein: „Haarspray ist aus!" Nun konnte ich nur noch auf die Reaktion der Männer warten.

Der ältere Mann ergriff das Wort. „Das gibt es doch nicht. Da haben wir schon wieder einen geschnappt, der sich das Zeug durch die Nase zieht. Junge, mir soll's ja egal sein. Aber lass dich nicht erwischen. Und jetzt sieh zu, wie du Land gewinnst."

„Lauf so schnell du kannst!", stimmte der andere mit ein.

Und ich rannte und rannte so schnell ich konnte, nur weit weg. Wie ein Hase auf der Flucht schlug ich einige Haken und änderte die Richtungen. An einer dunklen Ecke wartete ich ab und beobachtete die Situation genau. Alles schien ruhig, deshalb wählte ich nun den direkten Weg zu meinem Ziel. Nach kurzer Zeit erreichte ich die Scheune, in der unser Auto abgestellt war. Rosa war bereits einige Zeit zuvor eingetroffen und hatte sich hinter großen Holzkisten versteckt. Für meine Frau waren es lange bange Minuten, da sie nicht genau wusste, was mit mir passiert war. Als ich das Tor öffnete, schnellte ihr Pulsschlag noch einmal in die Höhe. Dann kam sie mir freudestrahlend entgegen.

„Du hast es geschafft. Ich war so verzweifelt", Tränen der Erleichterung rannen ihre Wangen hinunter. Kurz hatten wir uns innig umarmt, dann hatte ich die Verbindung gelöst.

„Komm, wir fahren den Wagen aus der Scheune und dann nichts wie weg."

Die Tore hatten wir wieder geschlossen, in der Hoffnung, dass unsere Flucht so längere Zeit nicht entdeckt würde. Zügig verließen wir in unserem Gefährt Holy Springs. Schon bald war der Ort nicht einmal mehr im Rückspiegel zu erkennen. Haarfarbe und Frisur erinnerten noch länger an unseren Aufenthalt in diesem eigentümlichen Ort.

Wir fuhren in den neuen Tag immer weiter den Highway entlang, weiter und weiter. Den Ortsgrenzen folgte irgendwann die Staatsgrenze. Jetzt hatten wir Arizona erreicht.

„Wir haben es geschafft", jubelte Rosa.

„Schön, aber es ist leider nur ein erster Schritt", bremste ich ihre Euphorie. Unsere schwierigste Aufgabe musste noch erledigt werden. Wir mussten uns der heiklen Ladung entledigen.

„Ja, ich weiß", seufzte Rosa laut, „keine Zeit für touristische Sehenswürdigkeiten."

„Las Vegas, Siegfried und Roy", warf ich ein. „Weiß gar nicht genau wie die aussehen. Wir sind doch schon Bonny und Clyde."

„Ich dachte auch eher an den Besuch einer Zauberschau der beiden, nur, dass sie diesmal keinen weißen Tiger verschwinden lassen, sondern unseren toten Mitreisenden."

Rosa schaute mich fragend an.

„Das habe ich ja nicht ganz ernst gemeint, aber irgendwie brauchen wir möglichst schnell eine Lösung für unser Problem."

Wieder seufzte Rosa laut. „Ja, du hast ja recht. Aber ich habe so tolle Luftaufnahmen des Grand Canyons gesehen und hätte dort so gern einmal tief hineingeschaut."

„Der Grand Canyon ist ein großer, tiefer Graben", sprach ich leise meine Gedanken vor mich hin.

„Ein sehr tiefer Graben", bestätigte Rosa.

Ich überlegte kurz.

„Genau, das ist es. Prima, da können Dinge und auch Menschen verschwinden. Rosa, das ist ein schönes Plätzchen, nicht nur für uns, auch für unseren Gast."

Rosa schaute mich an.

„Ein richtiger Romantiker bist du ja nicht."

„Bei der Aktion werden wir ja auch zu dritt sein."

Anfangs hielt ich die Idee für genial, doch irgendwie kamen mir Bedenken. Ist es wirklich vernünftig, sich für eine derartige Aktion einen der touristischsten Plätze Amerikas auszusuchen? Auf Zuschauer oder Zeugen sollten wir bei dieser Maßnahme verzichten. Uns fehlte jeglicher Lösungsansatz. Eigentlich waren wir in einer Situation, in der man dringend um Hilfe ersuchen sollte. Doch hier vor Ort war eine solche Hilfe nicht in Sicht. Hier warteten eher lange Gerichtsverfahren und noch längere Haftstrafen auf uns. Gegen Frust half bei Rosa eine Sache ganz besonders, Shopping. Da wir einen Teil unserer Kleidung bei der Flucht zurücklassen mussten und der andere Teil bei unserem Mitreisenden im Kofferraum liegend nicht mehr ganz frisch riechen würde, war ein Großeinkauf unabdingbar. Westernlook und Trekkingoutfit brachten für uns nicht nur eine Typveränderung, sondern waren auch eine praktische Ausrüstung für die bevorstehenden Aufgaben. Da wir für die anstehende Übernachtung ein Motel direkt an der Shopping-Mall wählten, konnte Rosa nach Herzenslust einkaufen. Für mich war es eine Mammutaufgabe, die doch an meine Belastungsgrenze ging. Für Rosa dagegen war dies ein echter Wellnessausflug und ihr Tag fieberte im Schuhparadies dem Höhepunkt entgegen. Ein Paar Westernstiefel ließ sie alle Ereignisse vergessen und zauberte ein breites Lächeln auf Rosas Gesicht.

In dieser Nacht fiel ich in einen anhaltenden Erschöpfungsschlaf, aus dem ich erst von einem Kuss meiner Frau geweckt wurde.

„Schatz, wir müssen aufstehen."

Ja, wir mussten weiter. Aber wohin? Der starke Frühstückskaffee weckte meine Geister. Wir brauchten dringend Hilfe von einer Vertrauensperson. Nur wen sollte ich da kontaktieren? Es musste jemand sein, der uns nicht anschwärzen würde, sonst wären wir verloren, und der am besten bereits von dem Vorfall wusste. Ich griff zu meinem Telefon. Da kam nur ein Kontakt infrage, mein Freund Klaus. Wie würde er reagieren? Hoffentlich legt er nicht sofort auf. Zu meiner Überraschung klang er recht erfreut darüber, meine Stimme zu hören und zu erfahren, dass die Staatsmacht uns noch nicht an den Fersen haftete. „Ich hatte befürchtet, dass die euch schon längst einkassiert haben", beschrieb er seine Sicht kurz und prägnant.

Doch als er erfuhr, dass wir das eigentliche Problem noch mit uns herumschleppten, fehlten meinem Freund die Worte.

Erst nach einer Weile wurde es am anderen Ende der Leitung laut: „Ihr seid verrückt. Das ist doch Wahnsinn."

Sein juristischer Rat konnte uns an dieser Stelle nicht weiterhelfen, aber mir war bekannt, dass sein Schwager ein absoluter USA-Fan war, der, wann immer es ihm möglich war, das Land der „unbegrenzten Möglichkeiten" bereist hatte. So hatte er schon viele Meilen mit Auto, Camper, Rad und auf den eigenen Füßen in den Staaten erkundet. Als Telefonjoker bei Günther Jauch wäre er sicher erste Wahl gewesen. Dieser Mann könnte der Schlüssel für unser Problem sein, er müsste uns nur einen geeigneten Ort benennen, an dem wir uns sicher und unbeobachtet unserer Last entledigen konnten. Klaus sollte als Vermittler fungieren und seinem Schwager einen Tipp entlocken, ohne ihn in die Hintergründe einzuweihen. Es brauchte einige Überzeugungsarbeit, dann begann unsere Informationsquelle zu sprudeln. Per Smartphone hatte ich eine kurze Wegbeschreibung und die notwendigen Zielkoordinaten erhalten.

„Rosa ich habe zwei gute Nachrichten für dich. Ich bin mir sicher, dass wir bald unser Problem aus der Welt räumen können. Und die zweite Nachricht ist, dass dein Wunsch in Erfüllung geht. Schon bald kannst du in den Grand Canyon schauen."

Nach meiner Ankündigung schaute Rosa etwas glücklicher aus. Irgendwie schien ich eine große Portion Zuversicht auszustrahlen. Was war denn jetzt anders als bei den ersten Überlegungen, die wir verworfen hatten. Unser neues Ziel war die andere Seite des Canyons. Wir mussten in den Norden zum North Rim, auf die einsamere Seite des Großen Grabens. Am Eingang des Parks sollten wir eine Erlaubnis für eine Übernachtung im Zelt erwerben. Damit hatten wir die Möglichkeit, frei und ungestört direkt vor Ort den richtigen Zeitpunkt zu wählen, um unsere Fracht bei einem kleinen Ausflug direkt an die Kante zu transportieren. Der Highway 67 führte uns recht zügig hinauf. Die Tachonadel behielt ich genau im Blick, nur nicht auffallen, keinen unnützen Geschwindigkeitsverstoß riskieren. Irgendwann bestand diese Gefahr nicht mehr, denn wir mussten die asphaltierten Wege verlassen. Über eine Offroad-Piste ging es langsam weiter. Große Löcher und

Bodenunebenheiten waren für uns kein Problem. Unser Riesen-SUV war genau dafür gemacht. War doch gut, dass wir den bestellten Kleinwagen getauscht haben. Auch diese Piste endete. Neben reichlich Gestrüpp und Büschen standen einige Bäume weit verstreut. Mehr gab es an dieser Stelle nicht. Unter einem dieser Bäume sollte unser Schlafplatz liegen. Soweit es irgendwie möglich war, tasteten wir uns mit dem Auto weiter voran. Nirgendwo war auch nur eine Menschenseele zu sehen.

Aber wie weit war es wirklich bis zum Abgrund? Standen wir schon kurz davor? Es war einfach zu dunkel, um zu dieser Zeit noch eine Antwort zu finden. Wir versuchten, im Auto ein wenig zu ruhen. Bei dieser Anspannung war an Schlaf überhaupt nicht zu denken. Die Ruhezeit war kurz, denn bereits beim ersten Sonnenlicht begann unsere Aktion. Jetzt war klar, das Auto müssten wir hier zurücklassen und den restlichen Weg zu Fuß zurücklegen. Der Karte nach dürfte es nicht mehr weit bis zur Kante des Canyons sein. Ich öffnete vorsichtig den Kofferraum.

„Ach nee, der riecht aber wirklich nicht mehr gut."
Rosa wandte sich ab.

„Der hat auch schon lange nicht mehr geduscht."

„Find' ich jetzt wirklich nicht lustig."

„Es wird auch nicht besser, wenn wir ihn gleich ausgepackt haben."

Aber zuerst wollten wir unsere Fracht verpackt bis zur Kante des Canyons bringen. Ich hatte das Paket richtig fest zusammengeschnürt, damit wir es besser transportieren konnten. Es war verdammt schwer und die Dunkelheit erleichterte nicht unbedingt unser Unterfangen. Mit Handy und Taschenlampe suchte ich uns einen Weg. Zuerst hatten wir unsere Fracht getragen. Der Weg wurde länger und länger, unsere Arme wurden es auch. Dann zogen wir beide vorn und schleiften das Paket am anderen Ende über den Boden. So kamen wir nur sehr langsam voran. Unsere Kräfte schwanden. Jeder noch so kleine Stein und jede Wurzel wurden zu einem fast unüberwindlichen Hindernis.

„Poah, ich kann nicht mehr", seufzte Rosa völlig entkräftet den Tränen nahe.

„Komm, wir müssen weiter, wir müssen es schaffen, sonst …"

„Lass uns das Paket hier ablegen. Dort hinter einen der Bäume", jammerte meine Frau.

„Nein, da wird er doch sofort gefunden. Rosa, komm! Wir müssen jetzt weiter, gleich wird es hell und die ersten Touristen kommen. Unsere Zukunft, wahrscheinlich sogar unser Leben, hängt von den nächsten Minuten ab."

Ich sah die Angst in Rosas Augen. Mit ihrem ganzen Körper zog sie an der Last. Angst kann ungeahnte Kraftreserven mobilisieren. Zentimeter für Zentimeter näherten wir uns dem Ziel, einem sehr ungewissen Ziel. Wir kannten die Beschaffenheit des Ortes nicht. Hoffentlich sollte es nicht zu unserem Abgrund werden. Schon bald würde das erste Sonnenlicht Touristenscharen zum Weltwunder führen und unser Vorhaben würde entdeckt werden. Ich schaute mich um. Was war das?

„Rosa, bleib stehen. Und hock dich auf den Boden", raunte ich ihr im Flüsterton zu. „Ein Lichtschein kommt genau auf uns zu. Bleib du hier." Mit unserer Last hätten wir nicht weglaufen können. Der Schein unserer Taschenlampe hatte uns verraten. Also blieb nur ein Weg, ich ging der Lichtquelle entgegen. Zwei Gestalten liefen auf mich zu. Mit der Zeit erkannte ich zwei männliche Personen und was mich besorgt machte, sie trugen Uniformen. Lief ich in die Arme der Polizei? Vielleicht waren es auch Ranger?

„Guten Morgen, so früh schon auf den Beinen", begrüßte ich die beiden laut.

„Guten Morgen, brauchen Sie Hilfe, Sir?", entgegnete einer der Uniformierten. Wie sich im Gespräch herausstellte, waren es zwei Pfadfinder, die mit ihrer Gruppe ganz in der Nähe ihre Zelte aufgestellt hatten. Ich stellte mich als Naturliebhaber aus Deutschland vor, der den Sonnenaufgang am Canyon genießen wollte. So einfach waren die beiden zufriedenzustellen und konnten mir sogar noch die Richtung zur Kante zeigen.

„Dann gehen sie mit Gott, immer schön vorsichtig", diesen Rat gaben sie mir noch auf den Weg und verschwanden anschließend im Gestrüpp.

Ich verharrte einen Moment und suchte die Umgebung nach möglichen Gefahrenquellen ab.

„Die Luft ist rein", verkündete ich Rosa, als ich zu ihr zurückkehrt war.

„Über die Luft hier habe ich mir keine Gedanken gemacht", nörgelte meine Frau herum.

„Nein, so habe ich es nicht gemeint. Wir müssen weiter", ergänzte ich in einem sehr bestimmenden Ton, denn die Morgendämmerung setzte ein. Die Minuten der Entscheidung über Erfolg oder Misserfolg lagen unmittelbar bevor. Jetzt musste etwas passieren.

„Rosa, geh vor und schau, wie weit es noch bis zur Kante ist."

Ich setzte meinen ganzen Körper ein, zog und zerrte an dem Bündel, kämpfte um den kleinsten Raumgewinn. Nun ging es noch langsamer voran. Ein lauter Schrei durchdrang die Ruhe. Ich ließ den Toten aus den Händen gleiten und lief so schnell ich konnte.

„Mein Gott, Rosa", rief ich meiner Frau zu.

Hoffentlich war sie nicht an der Kante in die Tiefe gestürzt. Ich sah sie vor mir auf dem Boden liegen.

„Gott sei Dank! Ich dachte du …", rief ich erleichtert aus.

„Nur eine kleine Wurzel. Ich bin gestürzt, nicht schlimm, es geht schon weiter", spornte sich Rosa selbst an.

Mit der Taschenlampe in der Hand lief ich an meiner Frau vorbei. Ich wollte es jetzt genau wissen.

Irgendwo musste er doch hier sein, dieser verdammte tiefe Graben. Und wirklich, es fehlten nur noch wenige Schritte zum Abgrund. Gemeinsam zogen wir den toten Körper direkt bis an die Kante. Als Begleitung zwitscherten Vögel im ersten Sonnenlicht. Wir lösten das Seil, mit dem er eingeschnürt war, befreiten ihn aus der Decke und rollten ihn aus der Frischhaltefolie aus. Es war kein schöner Anblick, der uns geboten wurde. Auch unser Geruchssinn wurde stark angegriffen. Rosa hatte sich abgewendet.

„Komm, ein letztes Mal müssen wir noch gemeinsam Hand anlegen, du an den Beinen und ich nehme seine Arme. Dann schaukeln wir ihn hin und her. Bei drei lassen wir dann los. Du musst dich konzentrieren. Es ist sehr gefährlich hier direkt an der Kante."

Eins, zwei, drei und wir waren ihn los. Er hatte unser Sichtfeld verlassen und war in den Graben gestürzt.

„Erledigt, wir gehen zurück. Den Müll müssen wir mitnehmen und später am Highway irgendwo entsorgen. Ich hatte zwei große Zweige abgebrochen, mit denen wir auf dem Rückweg die Schleifspuren verwischten. In der Nähe des Parkplatzes hatten wir die Zweige ins Gestrüpp gelegt. Den Müll verstauten wir im Kofferraum.

„Es ist vollbracht", meine Erleichterung war gut hörbar, schien aber nicht von Rosa geteilt zu werden.

„Irgendwann werden sie ihn finden", murmelte meine Frau leise vor sich hin.

„Alles wird gut, du wirst schon sehen", hatte ich geantwortet. „Rosa, weißt du, was wir jetzt machen?"

Rosa schüttelte den Kopf. „Nein, das weiß ich nicht", bei den Worten schaute sie mich erwartungsvoll an.

„Ab jetzt sind wir nur noch ganz normale Touristen aus Deutschland."

Rosa verweilte stumm und schaute mich fragend an.

„Unser Problem haben wir hier zurückgelassen. Befreit fahren wir nun in die Hauptstadt des Lasters, nach Las Vegas."

Der Himmel grollte. Dunkle Wolken waren aufgezogen.

„Super, genau wie vorhergesagt."

„Ich hätte mir aber anderes Urlaubswetter gewünscht", reagierte Rosa schnippisch. „Der Regen wird das Fahren auch nicht gerade erleichtern."

„Aber er wird helfen, die Spuren der Vergangenheit zu beseitigen", gab ich zu bedenken.

Das Unwetter hatte sich verzogen, als wir die Hauptstadt des Glücksspiels erreichten. Die riesigen Lichtinstallationen zauberten eine Welt voller Illusionen und entführten uns aus unserer dunklen Gedankenwelt. Mitten in der kargen Wüste lag diese Traumwelt mit grünen Golfplätzen und riesigen Wasserfontänen. Dies waren nun die Kulissen für unsere Flitterwochen: glitzernde Casinos, riesige Bars, bunte Shows mit Weltkünstlern, ein Ritterturnier im Excalibur, die Dancing-Fontain-Show am Strip, Flamingos mitten in der Stadt, der Strand von Myanmar, mit Haien tauchen, ein Trip ins alte Ägypten, auf Sandalen durchs alte Rom, eine Gondelfahrt durch Venedig … Und immer bannten wir diese Momente als glückliches Honeymoon-Paar auf unsere Smartphones. Die Selfies waren die Dokumentation für Familie, Freunde, Kollegen, unsere alte Welt in der Heimat. Von Las Vegas machten wir einen kurzen Abstecher an den Rand des Grand Canyons zum gläsernen Skywalk. Auf Glas über dem Abgrund schweben, das ist ein Muss für alle Amerikatouristen. Unsere Freunde, nein jeder sollte es wissen, dass wir am Grand Canyon waren, und zwar so wie die meisten Touristen an der Südseite. Aus der Wüste führte uns der Weg an die kalifornische Küste, California Dreaming. Laute Sirenen weckten uns aus unserem Traum. Ängstlich blickte ich in den Rückspiegel: Blaulicht.

„Polizei", bei meinen Worten versuchte ich ruhig und gefasst zu wirken.

„Oh, nein, ich wusste es. Sie würden uns erwischen", meine Frau wirkte ziemlich erregt.

„Rosa, du darfst jetzt nicht die Nerven verlieren. Niemand hat uns gesehen. Der Mitreisende liegt am Grund des Gran Canyons und das

Verpackungsmaterial haben wir längst entsorgt. Rosa, einfach lächeln und cool bleiben."

Ich fuhr rechts ran auf den Randstreifen. Der Polizeiwagen schoss mit unverminderter Geschwindigkeit an uns vorbei.

„Siehst du, die Polizei meint uns überhaupt nicht, die suchen irgendwelche Gangster."

Wir fuhren weiter nach Monterey, der wundervollen Perle am Pazifik.

„Urlaub", rief ich laut beim Anblick des traumhaften Sandstrands und des wolkenlosen blauen Himmels.

Hand in Hand liefen wir ein Stück durch den Sand und atmeten tief die Seeluft ein. Nach einem Einkaufsstopp im Del Monte Shopping-Center erholten wir uns am Fisherman's Wharf in einem legendären Restaurant mit Meerblick. Fangfrischer Fisch und dazu ein edler kalifornischer Rebensaft, so schmeckt das Leben auf der Sonnenseite. Wir wohnten in einer gemütlichen Unterkunft an der Wavestreet. Nur ein paar Häuserblocks entfernt von unserem Hotel befand sich ein kleines, altes Haus mit einer urigen Veranda, auf der wir einen Platz fanden. Es war der Tasting Room des Pierce Ranch Vineyards. In dieser urgemütlichen Atmosphäre probierten wir einige ausgezeichnete Weine und die für uns ungewöhnliche Rebsorte Albarino, die ihren Ursprung in Spanien und Portugal hat. Was viele nicht wissen, auch im Monterey County wird tatsächlich Wein angebaut. Ins

Hotel begleitete uns noch eine Flasche Rosé aus Cabernet Franc und Cabernet Sauvignon als Schlummertrunk.

Am nächsten Morgen waren wir schon früh auf den Beinen. Unser Ziel lag direkt am Wasser und war fußläufig zu erreichen. Der Tag zuvor hatte schon für Entspannung gesorgt. Der Besuch des Monterey Bay Aquariums brachte Rosa auf andere Gedanken. Watschelnde Pinguine und faszinierende Rochen entführten uns in die maritime Welt. Ein kleiner Seeotter zeigte ungeahnte Wirkung. Er zauberte meiner Frau ein entspanntes Lächeln ins Gesicht, in dem er einfach auf dem Rücken schwimmend in seinen Pfoten einen Eiswürfel hielt und daran genüsslich schleckte.

Dann hieß es Abschied nehmen von Monterey. Wir fuhren weiter ins Napa Valley. Soweit das Auge blicken konnte, erstreckte sich ein riesiges Meer an Rebstöcken bis hin zum Horizont. Ich hatte das Auto abgebremst, um dieses Landschaftsbild zu genießen.

„Wahnsinn, unvorstellbar groß ist dieser Wine Yard", bemerkte ich begeistert.

Auf einem großen Schild prangte der Name Gallo.

„Das ist das größte Weingut der Welt. Über 7 Millionen Hektoliter Wein produzieren die in einem Jahr, fast so viel wie alle Winzer in Deutschland zusammen."

„Typisch Amerika! Alles weiter, alles größer", bemerkte Rosa.

Doch jetzt sollte der totale Gegensatz folgen. „Dann freu dich jetzt auf klein und fein", antwortete ich meiner Frau.

Ich hatte es mir als Krönung unserer Flitterwochen so gewünscht und nun sollte es tatsächlich passieren. Zusammen mit Tom Schimmele hatte ich in Geisenheim Weinbau studiert. Schon zu Beginn der Ausbildung war es sein größter Traum, in Kalifornien zu leben. Nach dem ersten Urlaub in den Staaten kehrte er nicht mehr nach Deutschland zurück. Einige Jahre arbeitete er für einen großen Weinhändler in Los Angeles. Dann hat Tom ein kleines Weingut im Sonoma County aufgebaut.

„Wie viele Jahre hast du deinen Freund jetzt nicht mehr gesehen?", wollte Rosa wissen.

„Es ist schon lange her. Ja, das war kurz nach der Abschlussfeier unseres Studiums, da habe ich ihn nach Frankfurt zum Flughafen gebracht. Aber in der Zwischenzeit haben wir regelmäßig geskypt. Wie lange ist das her, dass ich ihn gesehen habe? Mehr als zehn Jahre müssen es schon sein."

Und jetzt waren wir hier bei ihm. Mit Stolz zeigte Tom den Besuchern aus Deutschland sein Weingut, die neuen sonnendurchfluteten Gebäude und den großen Weinkeller. Die große Zahl von Barriquefässern war schon beeindruckend. Er präsentierte uns seinen Merlot.

„Hier ist wirklich alles Handarbeit. "

Und genau das unterschied ihn von den gigantischen Weinfabriken.

„Bei den Weinriesen weißt du nicht, was dort in den Laboren gezaubert wird. Ich habe mir in der Region mit meinen ehrlichen Weinen einen Namen erarbeitet", erklärte Tom stolz.

„Das war bei der Vielzahl von Winzern in der Region bestimmt nicht leicht."

„Nein, das war ein hartes Stück Arbeit. Aber genug geredet, jetzt wird probiert."

„Wunderbar", meine lobenden Worte waren ehrlich gemeint. Ich war beeindruckt.

Einige Tage konnte ich mir seinen Winzerbetrieb genauer anschauen. Seine Rotweine wollte ich unbedingt in mein Sortiment übernehmen. Dank seiner Kontakte konnten wir noch einige interessante Weingüter besuchen, die seine Einstellung zur Weinherstellung teilten.

Rosa und ich saßen an einem unserer letzten Reisetage gemütlich beim Frühstück in der Morgensonne. Ich wollte gerade einen Blick in die Zeitung werfen, als Tom uns begrüßte.

„Guten Morgen, gibt's interessante Neuigkeiten?"

„Guten Morgen, Tom, das kann ich dir gar nicht sagen. Ich habe gerade erst die Zeitung aufgeschlagen."

„Ich habe sie bei einer Tasse Kaffee überflogen. Meist steht nicht viel Neues drin. Ein Artikel ist vielleicht interessant. Da geht es um einen Toten im Grand Canyon."

Unsere Entspanntheit wich abrupt. Meine Frau begann zu hyperventilieren.

„Rosa, geht es dir nicht so gut? Vielleicht musst du aus der Sonne. Setz dich doch in den Schatten", klang Tom besorgt und half meiner Frau ihren Stuhl in den Schatten zu schieben. Das brachte aber tatsächlich keine Linderung. Diese kleine Schlagzeile in der Zeitung war der Grund für ihre Nervosität: Leichenfund im Grand Canyon.

„Ja, ja, das ist doch bestimmt nichts Besonderes", merkte ich an. „Bei dieser Hitze dort, kommen bestimmt häufiger Wanderer ums Leben. Die sich beim Ab- und Aufstieg einfach übernehmen, und bei der starken Sonneneinwirkung richtig dehydrieren."

Ich blätterte hastig durch die Zeitungsseiten und fand den Artikel. Nach der kurzen Beschreibung stand für mich eindeutig fest, bei dieser Person handelte es sich wirklich um unseren Mitreisenden. Er war von einem Ranger gefunden worden. Der Körper des Leichnams war in einem sehr schlechten Zustand. Er wies einige schwere Verletzungen auf, die zum Teil eindeutig von Wildtieren stammten.

Tom wunderte sich über unseren plötzlichen Stimmungswandel.

„Was ist denn los mit euch?", wollte er wissen.

„Dass wir schon in ein paar Tagen dieses Land verlassen müssen, stimmt uns ein wenig traurig", erklärte ich ihm.

Insbesondere die Frage, ob eine Ausreise dann für uns überhaupt noch möglich wäre, setzte sich in meinem Kopf fest. Jeden Tag durchsuchten wir die Nachrichten und das Internet nach Neuigkeiten. Stück für Stück wurden mehr Ermittlungsergebnisse bekanntgegeben. Ein großer Teil der Verletzungen konnte nicht mehr eindeutig geklärt werden, denn durch den Sturz in den Canyon hatten massive Kräfte auf den männlichen Körper eingewirkt, so die Ausführungen aus dem Obduktionsbericht. Geier, Schakale und Wildschweine hatten wohl einen großen Teil der Spuren zunichte gemacht. Auch starker Regen hatte dazu beigetragen. Doch die eigentliche Todesursache war offensichtlich …, ich konnte es nicht glauben. An dieser Stelle musste ich zweimal langsam lesen, bevor ich den Inhalt Rosa verkündete. Die eigentliche Todesursache war die Folge einer Schussverletzung.

Irgendwie musste ich das übersehen haben. Es war dunkel, als Rosa den Mann überfahren hatte. Einen blutüberströmten leblosen Körper hatte ich auf dem Asphalt vorgefunden. Ich war geschockt, übermüdet, mitten in der Nacht, in einer finsteren Umgebung und das spärliche Licht einer Taschenlampe, das waren keine guten Voraussetzungen, um ein Opfer genau auf seine Verletzungen zu untersuchen. Dem Zeitungsbericht zur Folge handelte es sich bei dem Mann um einen einschlägig vorbestraften Drogenhändler, der auf der Flucht vor der Polizei angeschossen worden war. Diese Vorgänge hatten sich in einem Vorort von Atlanta zugetragen. Der Fundort des Toten blieb für die Ermittler ein ungelöstes Rätsel. Wie hatte es der Flüchtende mit einer so schweren Schussverletzung durch die halben USA geschafft? Warum war sein Ziel der Grand Canyon, wo er nach Ermittlungsstand in die Tiefe gestürzt war. Weil der Obduktionsbericht als Todesursache die bei der Verfolgung durch die Polizei davon getragene Schussverletzung auswies, wurde der Fall schnell als abgeschlossen zu den Akten gelegt.

Für mich und Rosa war diese Nachricht ein Grund zum Feiern. Rosa war erleichtert darüber, dass sie nicht schuld am Tod des Mannes war. Wehmut lag auf meinen Gedanken. Mit diesem Wissen über die tödliche Schussverletzung zu Beginn der Reise, wäre uns doch so manche Tortur und Angstattacke erspart geblieben. Gemeinsam mit Tom leerten wir eine Flasche seines besten Sekts. Es war der letzte Tag auf dem Weingut. Unser Freund füllte die Gläser mit den Worten: „Ihr müsst raten, welche Trauben hier drin sind." „Weiße", antwortete Rosa spontan.

„Lasst uns erst mal probieren. Auf das frisch vermählte Paar. Ich wünsche euch viele glückliche Jahre", mit diesen Worten hob der Winzer sein Glas und trank.

„Kleine moussierende Perlen. Sehr fein", kommentierte ich meinen ersten Schluck. „Da willst du

wohl dem Champagner aus old Europe Konkur-
renz machen."

Tom lachte herzlich.

„Es ist eine Cuvée mit viel Pinot Noir."

„Aber der Spätburgunder ist doch rot", warf Rosa
ein.

„Genau. Weißer Wein aus blauen Trauben. Weiß
gekeltert, Blanc de Noir", erklärte Tom.

Bei der einen Flasche blieb es nicht. Schon am
nächsten Morgen in der Früh brachen wir auf.

„Und, wie waren eure Flitterwochen hier in Amerika? Eine Hochzeitsreise sollte doch etwas ganz
Besonderes sein, etwas, was ein Leben lang in Erinnerung bleibt."

„Das wird diese Reise ganz gewiss", antwortete
ich und Rosa nickte. „Vergessen werden wir diese
Reise sicherlich nicht. So etwas erlebt man nur einmal im Leben."

„Ja, hoffentlich", seufzte Rosa.

Am Ende unserer Abenteuerreise ging es nach San
Francisco. Hier sollte unser Flug in die Heimat
starten. Für mich war diese Stadt die Traumstadt,
die ich aus zahlreichen amerikanischen Kinofil-
men kannte. Einmal wollte ich über die steilen
Straßen von San Francisco cruisen und im Auto
über die legendäre Golden Gate Bridge fahren.
Gut, wir haben bei der Überfahrt nicht viel gesehen, denn es war ziemlich neblig, aber wir haben

es gemacht. Rosa und ich fuhren mit dem Cable Car, besuchten China Town und aßen riesige Krebse an der Fisherman's Wharf. Natürlich haben wir einige Selfies vor den viktorianischen Häuser am Alamo Square geschossen. Durch die engen Kurven der Lombard Street sind wir Schritttempo geschlichen. Es ist zwar nicht die steilste Straße in San Francisco, aber wohl die bekannteste. Nicht alle Sehenswürdigkeiten passten in unser abschließendes Besuchsprogramm, so hatten wir einen Aufenthalt auf der kleinen Felseninsel Alcatraz gestrichen. In diesem Punkt waren Rosa und ich uns einig, wir wollten unsere Hochzeitsreise nicht im berüchtigtsten Hochsicherheitstrakt der USA beenden.

Frankreich

Astrid Kallweit

Französisch für Anfänger
(Tatort: Languedoc-Roussillon / Südfrankreich)

„I'm a big, big girl in a big, big world…", schallte Emilia aus dem Radio. Unterstützt wurde sie von Verena, die laut und schief mitsang, während ihre Hände einen großen Klumpen Kuchenteig kneteten. Die Masse war noch sehr feucht und klebte ihr an den Fingern. Sie gab etwas Mehl hinzu und arbeitete es geduldig unter.

„Ring, Ring!“, klang es aus dem Flur an ihr Ohr.

„Mist!“, dachte Verena. „Ausgerechnet jetzt. Wer kann das denn sein?“

„Ring, Ring!“

„Martin, kannst du mal rangehen?“, rief sie laut.

„Ich kann jetzt nicht.“

Sie hörte, wie ihr Mann die Treppe ihres Reihenhauses herunterlief und sich meldete.

Verena bereitete gerade ihre morgige Geburtstagsfeier vor, zu der sie nur ihre Familie und ein paar enge Freunde zum Kaffee eingeladen hatte. Nächstes Jahr würde es ein großes Fest geben, denn im Jahr 2000 stand ihr vierzigster Geburtstag bevor, dem sie ein wenig skeptisch entgegensah. Meistens wurde sie jünger geschätzt, was an ihrer sportlichen, schlanken Figur und den langen blonden Haaren lag. Sie stand mitten im Leben und war bei ihren Freunden und den Kollegen im Kulturamt der kleinen Stadt Menden sehr beliebt, da sie meist fröhlich, gut gelaunt und voller Tatendrang war.

Martin stürzte aufgeregt in die Küche.

„Das war Doro. Es ist etwas Schreckliches passiert. Sie hat sich das Bein gebrochen.“

Verena schlug sich erschrocken mit der Hand vor den Mund und hinterließ dabei eine weiße Mehlspur in ihrem Gesicht.

„Oje. Da können wir unseren Frankreichurlaub ja vergessen. Ich habe mich so darauf gefreut.“

„Ich doch auch. Doro klang total niedergeschlagen. Sie hat so viel Zeit in die Vorbereitungen gesteckt."

Martin ließ sich auf einen Stuhl fallen. Dabei streckte er seine langen Beine aus.

„I miss you so much…", trällerte Emilia im Radio.

„Ich weiß gar nicht, ob wir das Haus eine Woche vor der Abreise noch stornieren können. Hat Doro eigentliche eine Reiserücktrittversicherung abgeschlossen?"

„Glaube ich nicht", vermutete Verena, während sie den Teig, der ja nun wirklich nichts zu Doros gebrochenem Bein konnte, immer heftiger drangsalierte. „Deine Schwester ist nicht der Typ, der alles absichert."

„So ein Mist!" Martin schlug mit der flachen Hand auf den Küchentisch, was zur Folge hatte, dass das Mehl aufstaubte und einen weißen Schleier auf seinem dunklen T-Shirt hinterließ. Verena grinste bei dem Anblick. Martin hatte seinen vierzigsten Geburtstag schon im letzten Jahr gefeiert. In seinem dunklen, kurz geschnittenen Haar zeigten sich schon ein paar graue Strähnen. Seine schlanke, sportliche Figur und sein verschmitztes Lächeln ließen ihn aber noch immer sehr jugendlich aussehen. Martin arbeitete als Controller bei einem mittelständischen Armaturenhersteller im Nachbarort.

„Du musst dir von Doro die Unterlagen geben lassen und morgen mal bei diesem Weinhändler anrufen, der uns das Haus vermietet hat. Vielleicht findet er ja kurzfristig noch andere Gäste", schlug die immer praktisch denkende Verena vor. „Wir müssten eigentlich ein ganz schlechtes Gewissen haben", ergänzte sie dann noch.

„Wieso?"

„Na, deine Schwester bricht sich das Bein und wir denken nur an unseren Urlaub. Wenn ich hier fertig bin, fahre ich bei ihr vorbei. Ruf sie doch noch mal an und frag sie, ob sie irgendetwas braucht."

Doro kam auf Krücken zur Haustür, als Verena abends bei ihr klingelte.

„Komm rein", forderte die Schwägerin sie auf. „Ich habe schon alle Unterlagen für euch zusammengesucht."

Verena sah die Schwägerin besorgt an.

„Wie geht es dir denn? Hast du Schmerzen?"

„Ach, das geht schon. Ist halb so schlimm. Schicker Gips, oder? Ich bin nur sauer, dass ich nicht mit euch nach Frankreich fahren kann. Ich werde dir gleich zeigen, was ich alles vorbereitet habe. Die Liste müsst ihr brav abarbeiten", entschied Doro grinsend.

„Wir fahren doch nicht ohne dich. Wir sprechen kein Wort Französisch und die Franzosen können kein Englisch. Wie sollen wir uns denn da verständigen?"

„Ihr schafft das schon. So, hier ist die Wegbeschreibung zum Haus in La Bruguière. Dem

Besitzer gehört auch das Nebenhaus. Er wird euch dort erwarten. Ihr sollt am blauen Tor klingeln. Aber das steht alles hier in dem Brief. Das ist die Straßenkarte, die ich gekauft habe. Hier sind der Reiseführer und ein Wanderführer. Ich habe eine Liste gemacht, welche Ausflüge sich lohnen. Die gelb markierten Stellen in der Karte sind Märkte, die ihr unbedingt besuchen müsst. Im Buch habe ich auch ein paar Wanderungen markiert."

Verena schüttelte energisch mit dem Kopf: „Bist du verrückt? Wir fahren doch nur für zwei Wochen. Soviel Zeit haben wir ja gar nicht."

„Wenn ihr jeden Tag eine Wanderung oder einen Ausflug macht, habt ihr noch vier Tage für das Wichtigste."

Doro drückte Verena ein dickes Buch in die Hand. „Hier ist der Gault Milliau, der tolle Weinführer, den ihr mir zu Weihnachten geschenkt habt. Ich habe ein paar Weingüter angestrichen, die ihr auf jeden Fall besuchen müsst und alles notiert, was ihr probieren und kaufen müsst. Bringt mir reichlich mit. Auf der Straßenkarte sind die Standorte mit roten Kreuzen markiert. Da kann gar nichts schief gehen."

Verena schaute Doro mit großen Augen staunend an.

„Was ist? Hat es dir die Sprache verschlagen?"

„Das…, das ist ja total professionell vorbereitet. Wie lange hast du denn da dran gearbeitet? Das können wir doch ohne dich gar nicht machen."

„Jetzt nimm den ganzen Krempel und fang schon mal an zu packen."

Verena und Martin machten sich tatsächlich eine Woche später mit einem flauen Gefühl im Magen auf den Weg nach Frankreich. Sie hofften, dass sie dort ohne eine Ahnung von Sprache, Land und Weinen klarkommen würden. Aber sie hatten ja eine Mission zu erfüllen. Sie mussten Besichtigungen machen, wandern, Märkte besuchen und vor allem mussten sie Wein für sich und die Schwägerin kaufen.

Sie übernachteten einmal im Elsass. Doro, die gute Seele, hatte vorsorglich das Hotel vorab telefonisch für sie gebucht. Am nächsten Tag näherten sie sich von Norden aus über die A7 ihrem Ziel. Verena hatte die Straßenkarte auf ihrem Schoß ausgebreitet.

„Jetzt müsste gleich die Abfahrt kommen, fahr schon mal auf die rechte Spur. Martin lenkte den Wagen auf die Bundesstraße. Nun folgten Felder, Bäume und ab und zu mal ein Haus.

„Bist du dir sicher, dass wir hier richtig sind?", fragte Martin zweifelnd. „Schau doch noch mal auf die Karte."

„Ich brauche nicht noch mal zu schauen. Wir sind richtig."

„Kann aber doch sein, dass wir die Autobahn erst später verlassen mussten. Hier ist doch nix."

„Zweifelst du jetzt an meinen Fähigkeiten, die Karte zu lesen?"

„Na, ich meine ja bloß. Es wäre ja nicht das erste Mal, dass wir falsch gefahren sind."

„Wusste ich es doch. Wenn du mir nicht glaubst, können wir ja tauschen. Ich möchte aber nicht wissen, wo wir landen, wenn du die Navigation übernimmst."

„Ist ja schon gut. Ich dachte ja nur."

„Jetzt hör mal auf zu denken und fahr dahinten links ab."

Martin setzte den Blinker und bog geradewegs in einen Nadelwald ein.

„Findest du das jetzt hier nicht doch ein wenig komisch?", fragte er mit einem vorsichtigen Blick auf seine Beifahrerein. Die begann nun auch zu zweifeln.

„Schon merkwürdig. Hier ist ja nur Wald. Aber eigentlich müssten wir nach meiner Karte richtig sein."

„Ich sage mal besser nix."

Einige Zeit später kamen die beiden tatsächlich an das Eingangsschild von La Bruguière. Der Ort entpuppte sich als mittelalterliches Städtchen mit urigen alten Sandsteinhäusern und engen Straßen, bei deren Bau noch niemand damit gerechnet hatte, dass hier mal Urlauber mit einem großen Kombi anreisen würden.

Martin manövrierte den Wagen geschickt durch die schmalen Gässchen. Sie fanden das blaue Tor sofort. Henry, der Weinhändler, dem das Haus gehörte, sah etwas kauzig aus, entpuppte sich aber als sehr nett und das Feriendomizil war wirklich unvergleichlich. Verena und Martin waren begeistert. Es gab einen großen rustikalen Wohnraum mit offener Küche, riesigem Holztisch und einem Kamin. Eine Tür führte zum unteren Schlafraum und einem niedlichen kleinen Bad. Zum zweiten Schlafzimmer gelangte man durch einen zweiten Wohnraum. Von hier führte eine sehr schmale, weiß getünchte ungesicherte Treppe, die keiner deutschen Bauabnahme standgehalten hätte, auf einen Außengang mit einer kleinen Bank, auf der sie im Laufe ihres Urlaubs häufiger einen kleinen Schlummertrunk nehmen und die wunderbare Aussicht über das Land genießen würden. Verena entschied sich für das oben liegende Schlafzimmer mit angrenzendem Bad, das sich hinter einer weiteren Tür befand. Die Krönung des Hauses war der Innenhof mit uraltem Steinpflaster, einem Außengrill und Kräuterbeeten rundherum. Es war wunderschön. Nur schade, dass Doro nicht dabei sein konnte.

Henry hatte ihnen den Markt im Nîmes empfohlen. Da es kurz vor Mittag war, machten sie sich sofort auf den Weg, um dort einzukaufen. Der Weinhändler hatte nicht zu viel versprochen. Der Markt war bekannt für seine regionalen Produkte. Hier gab es Käse, Wein, große Gefäße mit verschiedenen Sorten Oliven, Gemüse, Obst und sogar Fleisch. Alles sah frisch und köstlich aus. An einigen Ständen wurden warme Speisen angeboten.

„Schau mal, da gibt es Brandade", erklärte Verena. „Das ist ein Püree aus Kartoffeln und Zwiebeln mit Stockfisch. In meinem Reiseführer steht, dass das hier eine Spezialität ist."

„Na, dann sollten wir es mal probieren. Ich habe auch schon ein kleines Hüngerchen."

Die beiden ließen es sich schmecken und füllten danach an verschieden Marktständen ihren Rucksack mit Leckereien für das Abendessen.

„Ich komme mir schon vor wie eine Einheimische", schwärmte Verena.

„Aber eine mit überaus wenigen Sprachkenntnissen", grinste Martin. „Jetzt sollten wir uns aber die Stadt etwas näher ansehen", ergänzte er.

Sie liefen durch die schöne Altstadt, schauten sich das beeindruckende Amphitheater an und genossen die letzten Sonnenstrahlen im Jardin de la Fontaine.

Es wurde ein schöner erster Tag in Frankreich. Abends genossen die beiden Baguette, Käse, Oliven und Rotwein auf der urigen Terrasse. Als es dort zu kühl wurde gingen sie müde und zufrieden ins Bett. Dazu mussten sie die schmale Treppe ohne Geländer im Wohnzimmer hinaufgehen, was nach Alkoholgenuss gar nicht so einfach war. Dann landeten sie auf dem Außengang, der zum

Schlafzimmer und zum Bad führte. Verena bestand darauf, die Tür von innen abzuschließen. Sie fühlte sich so sicherer, obwohl der Außengang im ersten Stock lag und man ihn nur vom Haus aus erreichen konnte. Martin fand das überflüssig. „Mein kleiner Angsthase, dich wird schon niemand klauen", kommentierte er den Wunsch seiner Frau und drehte trotzdem den Schlüssel um.

Verena wachte gegen Mitternacht durch ein Geräusch auf, das aus der unteren Etage kam.
„Martin, wach auf, da ist jemand im Haus."
„Ach, du hast nur geträumt, kleiner Angsthase."
„Wirklich, ich habe etwas gehört."
„Das ist doch nicht dein Ernst. Ich höre nix. Du bildest dir das ein."
„Bestimmt nicht."
„Soll ich jetzt etwa aufstehen?"
„Ich kann so nicht wieder einschlafen."
Mit einem tiefen Seufzer erhob sich Martin aus dem Bett und begab sich Richtung Haupthaus.
„Pass auf dich auf."
Verena zog sich die Bettdecke bis zur Nasenspitze und lauschte angestrengt.
Nach ein paar Minuten tauchte Martin grinsend wieder auf.
„Du hattest Recht. Ich habe den Einbrecher erwischt und herausgeschmissen."
Verena sah ihren Mann mit großen fragenden Augen an.

„Es war Garfield."

„Garfield?"

„Ja, ein fetter roter Kater. Der muss wohl hereingeschlichen sein, als wir auf der Terrasse waren. Jetzt saß er in der Falle. Das wird ihm eine Lehre sein."

Verena seufzte erleichtert und schlief sofort ein.

„He, erst schmeißt du mich aus den Federn und dann fängst du an zu schnarchen."

„Ich schnarche nicht, ich atme nur etwas lauter. Gute Nacht."

„Gute Nacht. Träum was Schönes, aber bitte leise."

Barbara war seine große Liebe, damals 1960 am Gardasee. Henry wusste es sofort, als er sie an diesem Abend kennenlernte. Die oder keine. Zwei Monate später machte er ihr einen Heiratsantrag. Das war jetzt fast vierzig Jahre her. Er liebte sie noch genau wie damals. Sie war mit ihren 62 Jahren noch immer eine sehr schöne Frau auch wenn ihre ursprünglich blonden Haare inzwischen grau waren und sich kleine Fältchen um ihre Mundwinkel gebildet hatten. Am liebsten mochte er es, wenn sie lachte und ihre blauen Augen strahlten, wie damals am Gardasee. Henry betrachtete das Foto in seiner Hand. Es zeigte Barbara im letzten Urlaub bei einer Wanderung. Sie hatten zwei traumhafte Wochen im Loiretal verbracht und das Vergnügliche mit dem Geschäftlichen verbunden.

Henry hatte einige Winzer besucht und Weine für sein Geschäft in Dortmund gekauft.

Seinen Weinhandel hatte Henry nun schon seit über dreißig Jahren. Als er Barbara damals kennenlernte, studierte er gerade Önologie in Geisenheim. Er wollte gemeinsam mit seiner Schwester das Weingut seiner Eltern in der Nähe von Zell übernehmen und modernisieren. Doch er änderte seine Pläne. Barbara wollte auf keinen Fall aus Arnsberg wegziehen. Weil er sie nicht verlieren wollte, zog er ins Sauerland und eröffnete einen kleinen Weinhandel in Dortmund. Mit den Jahren wuchsen sein Kundenstamm und seine Umsätze. Nach dem Glykolskandal im Jahr 1985 stellte er einen großen Teil seines Sortiments auf Ökoweine um. Im Laufe der Zeit legte er den Schwerpunkt immer mehr auf französische Weine. Er suchte sie alle selbst vor Ort aus. In Dortmund und Umgebung sprach es sich herum, dass er auf diesem Gebiet ein Spezialist war und immer wieder neue, interessante Weine im Programm hatte. Sein Geschäft war sehr erfolgreich. Im Jahr 1992 eröffnete er ein großes, schick eingerichtetes, neues Ladenlokal und stellte zwei Mitarbeiterinnen ein.

Nachdem Sonja, Barbaras und Henrys Tochter aus dem Elternhaus ausgezogen war, hatte das Paar zwei wunderbare Häuser in La Bruguière gekauft und liebevoll restauriert. Eins bewohnten sie selbst, wann immer ihre Zeit es zuließ. Das andere wurde an Urlauber vermietet. Unter den Kunden der Weinhandlung hatte sich das sehr schnell herumgesprochen. Das Haus war in der Saison meist ausgebucht.

Es war Anfang Mai. Barbara war für zwei Wochen bei ihrer Tochter Sonja, die in Berlin lebte. Henry war kurz entschlossen nach Frankreich gefahren. Das Geschäft lief auch eine Weile ohne ihn. Seine Angestellten waren ein eingespieltes Team. Gestern waren neue Gäste in das Ferienhaus gezogen. Verena und Martin kamen auch aus dem Sauerland. Henry fand sie sehr sympathisch und beschloss, die beiden mal auf ein Glas Wein einzuladen. Ohne Barbara war es doch recht einsam in La Bruguière.

Er stellte das Bild von Barbara zurück auf den Schrank und schaute zur Uhr. Es war schon kurz nach fünf. Er musste sich langsam auf den Weg machen. Er nahm den knallroten Motorroller, einen GMX 460 Retro, den seine Frau ihm im letzten Jahr zum Geburtstag geschenkt hatte. So eine Maschine hatte Henry sich schon immer gewünscht. Er war überzeugt, dass sein Roller eine Seele hatte, und liebte es, damit zu fahren. Außerdem hatte Henry eine Schwäche für die siebziger Jahre. Er nutzte einen alten VW-Bulli als Lieferwagen und in seiner Garage im Sauerland stand doch tatsächlich ein Manta, Baujahr 1979. Wenn Barbara nicht protestiert hätte, hätte er sogar einen Fuchsschwanz an die Antenne seines Mantas gehängt. Manchmal musste man halt Kompromisse schließen. Dass ihn die Zeit der siebziger geprägt hatte, sah man ihm auf den ersten Blick an. Er hatte sich niemals von seiner Vokuhila-Frisur getrennt. Inzwischen waren seine Haare aber nicht mehr dunkelbraun, sondern grau und im vorderen Bereich sehr dünn. Henry war in den letzten Jahren etwas fülliger geworden. Seine alte Lederjacke, in der er meistens herumlief, ließ sich inzwischen nicht mehr schließen. Deshalb trug er sie bei jeder Temperatur lässig offen. Dies gab den Blick auf seinen beachtlichen Bauch frei, der quasi aus der Jacke hervorragte. Knallrote Hosenträger komplettierten das Outfit. Henry gab schon ein kurioses Bild ab. Nachbarn und Kunden mochten den Weinhändler und seinen 70er-Jahre-Spleen. Er war eben ein Original und ein angenehmer, meist fröhlicher Zeitgenosse.

Henry setzte seinen Helm auf, dann stieg er mit einem erstaunlich beweglichen Schwung auf die GMX 460 Retro. Er versuchte den Bauch einzuziehen und knatterte in Richtung Uzés los. Dort hatte ein junger Winzer vor drei Jahren ein Weingut übernommen und daraus ein Ökoweingut gemacht. Das Chateau Bleu Montagne war angeblich der Newcomer des Jahres 1998. Henry wollte sich selbst von der Qualität des Weines überzeugen und ihn vielleicht in sein Sortiment aufnehmen. Seine Kunden schätzten es, dass er ihnen immer wieder etwas Neues präsentieren konnte.

Er hielt mit dem Roller vor einem wundervollen alten Haus, das erst kürzlich restauriert und durch einige moderne, stylische Elemente ergänzt worden war. Henry war beeindruckt von dem geschmackvollen Gebäude und ging voller Vorfreude in den Probierraum. Dort staunte er nicht schlecht. Man hatte einen Teil des Fußbodens durch Glas ersetzt, sodass man von oben in den Weinkeller schauen konnte. An einer Seite gab es ein längliches Fenster das einen Blick in die Landschaft freigab. Man hatte den Eindruck, dass es sich um ein Gemälde handeln würde. Nicht nur die Architektur des Gebäudes, sondern auch die Weine waren besonders. Daniel, der junge Winzer, war sehr sympathisch, so dass die beiden gleich ins Geschäft kamen. Henry war zufrieden, als er sich auf seinen Roller setzte und langsam die lange, steile, von Weinreben gesäumte Zufahrt in Richtung Landstraße wieder hinunterfuhr. Die Sonne stand schon recht tief und warf ein warmes Licht auf die Landschaft. Henry stoppte. Er nahm seinen Helm ab und sog den Anblick in sich auf. Wie schön es doch hier im Languedoc-Roussillon war. Er begutachtete die Weinreben mit seinem fachmännischen Blick. Sie sahen gesund aus und waren sehr gepflegt. Das Weingut machte wirklich einen guten Eindruck.

Was lag denn da auf dem Boden?

Henry bückte sich. Er hielt einen leicht verwitterten Aufkleber in der Hand und versuchte die Schrift darauf zu entziffern.

„Das gibt's doch nicht!" Henry konnte nicht glauben, was er sah. Er konnte nur einen Teil der Buchstaben erkennen, aber das reichte ihm. Der Aufkleber stammte von einer Packung Mospilan. Das war ein Insektizid, das ganz gewiss nicht im Ökologischen Weinbau benutzt werden durfte. Das war Betrug am Verbraucher und mit Sicherheit strafbar. Aber er konnte sich nicht vorstellen, dass dieser charmante Daniel ein Gauner war. Wahrscheinlich gab es ja eine ganz einfache Erklärung. Vielleicht hatte der Wind den Aufkleber ja hier hergeweht.

Henry musste der Sache nachgehen. Am Ende des Weinfeldes stand neben einem hohen Baum eine kleine Hütte. Er schaute sich um. Es war kein Mensch zu sehen. Er schob den Roller hinter einen Busch und ging zwischen den Reben hindurch. Das Laub war noch sehr spärlich, so dass man ihn vom Weg aus sehen konnte. Glücklicherweise war niemand unterwegs. Die Hütte war verschlossen.

„Verdammt!", dachte Henry. „Wenn ich Werkzeug dabei hätte, wäre ich da schnell drin."

Es gab keine Fenster. An der Hinterseite waren ein paar Holzbohlen locker. Er schob sie zur Seite und konnte ein paar weiße Kanister sehen. Die Aufschrift ließ sich aus seiner Position nicht erkennen. Plötzlich hörte er Schritte. „Mist!" Er zuckte zusammen. Geistesgegenwärtig schob er die Bohlen wieder in die richtige Position. Obwohl ein frischer Wind wehte, brach ihm der Schweiß aus. Er kam hinter der Hütte hervor und tat so, als würde er gerade den Reißverschluss seiner Hose zumachen. Ein Mann in Arbeitskleidung sah ihn ärgerlich an.

„Das ist hier keine Toilette", fauchte dieser auf Französisch.

„Pardon", stotterte Henry und lief schnellen Schrittes an dem Arbeiter vorbei. „Au revoir."

Er schwang sich auf seinen Roller und fuhr zurück nach La Bruguière. Dort setzte er sich mit einem Glas Rotwein auf die Terrasse und überlegte sich seinen nächsten Schritt. Auf jeden Fall würde er morgen noch einmal zum Chateau Bleu Montagne fahren und sich umsehen. Es wäre gut, einen Fotoapparat dabei zu haben. Leider hatte er keinen mit nach Frankreich genommen.

Verena und Martin hatten den Tag für einen Ausflug zum Pont du Gard genutzt. Sie waren früh aufgebrochen. Henry stand gerade am blauen Tor, als sie losfuhren und winkte ihnen nach.

„Der sieht ja schon sehr skurril aus", stellte Verena fest. „Der ist irgendwie in den 70ern steckengeblieben mit seiner Vokuhila-Frisur."

„Das Lustigste ist aber seine viel zu kleine Lederjacke", ergänzte Martin.

Verena kicherte. „Vielleicht hat er die versehentlich vertauscht, als er betrunken aus einer Kneipe gekommen ist."

„Dann würde ich ja gerne mal sehen, wie der andere aussieht."

Sie fuhren mit dem Auto in den kleinen Ort Vers-Pont-du-Gard und liefen von dort in einer zweistündigen Wanderung zu den Überresten des alten Aquäduktes. Der Weg hatte sich gelohnt. Der Pont du Gard war wirklich beeindruckend.

„Bevor wir zurücklaufen, muss ich aber erst einmal hinter einen Busch", erklärte Verena und verschwand raschelnd im Grün.

„Das war ja klar." Martin grinste.

Von ihrem Versteck aus hatte Verena einen guten Blick auf die andere Seite des Aquäduktes. Dort standen zwei Männer und schienen miteinander zu streiten. Erschrocken stellte sie fest, dass einer der beiden eine Waffe in der Hand hielt und wild damit gestikulierte. Ihr stockte der Atem. Sie versuchte sich nicht zu bewegen und ganz leise zu atmen, um nicht entdeckt zu werden. Dann sah sie, wie der unbewaffnete Mann in seine Tasche griff und ein paar Geldscheine herausholte. Waffe und Bargeld wurden getauscht und die beiden Männer verschwanden in unterschiedliche Richtungen. Verena stürzte aus dem Versteck und lief auf ihren Mann zu.

„Was ist denn mit dir. Du bist ja ganz bleich. Hast du ein Gespenst gesehen?"

„Waffen…, Waffengeschäfte."

„Kannst du auch in ganzen Sätzen sprechen?"

„Da waren zwei Männer. Der eine hat dem anderen eine Waffe verkauft. Wir müssen die Polizei rufen."

„Was denn für eine Waffe?"

„Keine Ahnung. Ich kenn mich damit doch nicht aus. Eine Pistole, glaube ich."

„Wahrscheinlich gibt es dazu eine ganz harmlose Erklärung."

„Vielleicht sind die von der Maffia."

„Wir sind in Frankreich, nicht in Italien."

„Na und? Die Grenzen in Europa sind doch offen."

„Verena! Das waren vielleicht Jäger."

„Meinst du?"

„Ja, bestimmt. Mit dir geht wieder die Fantasie durch. Das ist so ähnlich wie in der letzten Nacht mit dem Einbrecher Garfield in unserem Haus. Wir machen uns nur lächerlich, wenn wir die Polizei rufen."

„Ich glaube, du hast Recht. Außerdem könnten wir das mit unseren Französischkenntnissen auch gar nicht erklären."

„Los, wir wandern zurück und du entspannst dich."

„Was für ein schöner Tag", meinte Martin als sie wieder im Auto saßen und zurück in ihr Ferienhaus fuhren. „Gut, dass wir den Urlaub nicht abgesagt haben. Wir können ja irgendwann mit Doro mal wieder hier hinfahren."

„Stopp mal!" Verena zeigte auf die geöffnete Garage eines Wohnhauses in der eine ältere Dame Obst und Gemüse anbot.

„Ich hole uns mal rasch etwas Frisches für heute Abend", schlug Verena vor.

Martin fuhr den Wagen an den Straßenrand neben das geöffnete Tor, vor dem diverse Kisten mit Äpfeln, Pfirsichen, Erdbeeren und anderen Früchten standen.

Verena stieg aus.

„Beeil dich aber bitte. Ich müsste auch so langsam mal wohin."

„Okay."

In der Garage befanden sich weitere Kisten mit frischer Ware und eine Kundin, die mit der Besitzerin auf Französisch über das Angebot debattierte, während sie sorgfältig ihre Einkäufe zusammenstellte. Verena verstand nur „Bahnhof". Ab und an schnappte sie ein Wort auf. Die Begriffe Pomme, Pêche, Fraise, Concombre kamen ihr aus dem Anhang des Reiseführers bekannt vor. Tomate schien irgendwie international zu sein. Von Verena nahmen die beiden Frauen keine Notiz. Sie schaute sich um und überlegte, was sie kaufen wollte. Die Früchte sahen verlockend aus. Die beiden Frauen waren noch immer beschäftigt. Sollte sie doch besser gehen? Das konnte ja noch ewig dauern und sie wurde von der Obstverkäuferin überhaupt nicht beachtet. Oder stimmte das Klischee doch und die Franzosen konnten die Deutschen noch immer nicht leiden? Vielleicht wollte die Besitzerin ihr ja nichts verkaufen. Verena war verunsichert. Sie warf einen fragenden Blick zu Martin in den Wagen. Der rutschte ungeduldig auf seinem Sitz hin und her und zeigte mit dem Finger auf seine Uhr.

„Über mich hat er gelacht, als ich hinter den Busch gegangen bin", dachte Verena. „Da muss er jetzt durch."

Dann schienen die beiden Frauen fertig zu sein. Ein paar Franc wechselten die Besitzerin und die Kundin verabschiedete sich. Die Obstverkäuferin wandte sich mit einem herzlichen Lächeln an Verena.

„Bonjour, Madame."

Uff, dachte diese. Gut, dass ich mich nicht einfach aus dem Staub gemacht habe. „Bonjour", sagte sie vorsichtig und zeigte auf die Kiste mit den Pfirsichen. „Quatre pêches, s'il vous plait."

Das war ein großer Fehler, denn wenn ein Franzose hört, dass jemand fehlerfrei „Bonjour" sagen kann, dann glaubt er, dass dieser ein wenig französisch sprechen und verstehen kann. Wenn man dann aber auch noch so etwas wie „quatre pêches, s'il vous plait" von sich gibt, wird unterstellt, dass man die Sprache perfekt beherrscht. Dies glaubte auch die nette Obstverkäuferin und plauderte munter drauflos. Verena ließ den Redeschwall über sich ergehen, nutzte dann eine kurze Pause und warf ein vorsichtiges „Je ne comprends pas" ein. Das war wieder ein Fehler, denn das zeigte ja nur, dass sie ja doch perfekt Französisch sprechen konnte. Die alte Dame ließ sich nicht so leicht beirren und redete weiter.

Martin wurde in seinem Auto immer ungeduldiger. „Wie lange das dauert, ein bisschen Obst zu kaufen. Wir müssen ja auch noch ungefähr 20 Minuten bis La Bruguiére fahren." Er stöhnte innerlich. Der Druck wurde immer größer.

Verena ließ sich inzwischen von der netten Verkäuferin noch weitere Früchte einpacken.

„Allemand?", fragte diese nun.

Verena nickte: „Qui."

„Ah, Allemand!", die Französin setzte zu einem neuen Redeschwall an.

Verena lächelte freundlich und zuckte mit den Schultern.

„Compris?"

Verena wurde erwartungsvoll angesehen.

Sie schüttelte verneinend den Kopf.

„Allemand!", wiederholte die freundliche Dame mit einem schwärmerischen Unterton. Sie wies ihre Kundin mit einer freundlichen Geste an, sich auf eine umgedrehte Obstkiste zu setzen.

Ehe diese sich versah, hatte sie ein Glas Rotwein in der Hand und prostete sich mit der Frau zu.

„Martin bringt mich um", dachte Verena. Aber sie

konnte doch nichts gegen diese Gastfreundschaft tun.

Währenddessen hielt Martin es nicht mehr aus. Neben der Garage im Vorgarten des Nachbarhauses stand ein großer dichter Busch.

Das ist meine Rettung, dachte er. Ich kann nicht mehr. Hoffentlich kommt keiner. Er stieg aus dem Wagen und prallte fast mit der Obstverkäuferin zusammen, die gerade aus der Garage kam, um ihn in die gemütliche Runde zu holen.

„Bonjour", brachte er gequält hervor.

Er erntete eine freundliche Begrüßung und wurde in die Garage geschoben. Ehe er sich versah, saß er neben seiner Frau auf einer Obstkiste und hatte ein Glas Rotwein in der Hand.

„Ich platze gleich", raunte er Verena zu. „Wie soll ich denn da noch etwas trinken?"

Verena lächelte ihn süß an. „Liebling, denk an die deutsch-französische Freundschaft. Reiß dich zusammen."

Martin rang sich ein Lächeln ab und hob sein Glas. Die freundliche Dame prostete ihnen zu, nahm einen großen Schluck Rotwein und wiederholte ihre Geschichte in derselben Geschwindigkeit wie zuvor.

„Compris?"

„Non", Verena schüttelte erneut den Kopf.

Die Dame blickte erwartungsvoll auf Martin, der auf seiner Obstkiste hin und her rutschte.

„Non", bestätigte auch er.

„Ich muss hier raus", zischte er seiner Frau zu.
Die Obstverkäuferin nahm die Weinflasche und
füllte Verenas Glas erneut. Martin konnte sich gerade noch dagegen wehren, dass ihm nachge-
schenkt wurde, indem er auf das Auto zeigte.
Die Französin nickte verständnisvoll und redete
geduldig weiter. Diesmal sprach sie etwas langsamer. Verena schnappte die Worte Ami, Francfort
und visite auf. Da wird wohl irgendjemand einen
Freund in Frankfurt besucht haben oder ein Freund
aus Frankfurt wird auf Besuch gewesen sein. Sie
ergab sich.
„Ah, Compris!"
Sie erntete ein strahlendes Lächeln. „Compris,
compris!"
Verena erhob sich. Sie zeigte auf ihre Uhr und die
Obstverkäuferin nickte.
„Ah oui, rendez-vous."
Martin schaute die alte Dame verständnislos an.
Aber egal. Er wollte endlich hier raus. Er sprang
von seiner Kiste herunter.
„Mach schnell. Ich kann nicht mehr", raunte er sei-
ner Frau zu.
„Au revoir." Er winkte und lief zum Auto.
In der Garage wurden die ausgewählten Früchte
eingepackt. 10 Franc wechselten die Besitzerin.
„Das sind ungefähr 3 DM. Das ist doch viel zu we-
nig für die ganze Tüte. Da habe ich wohl einen Ra-
batt für meine Französischkenntnisse bekommen",
dachte die verdutzte Verena. Ihr wurde zum

81

Abschied noch freundlich und ausgiebig die Hand geschüttelt. Mit einem strahlenden Lächeln stieg sie in das Auto.

„Da sag noch einer, die Franzosen können die Deutschen nicht leiden."

Martin hörte gar nicht zu, legte einen Kavalierstart hin und brauste davon. Er stoppte den Wagen direkt hinter dem Ortsausgang und sprang erleichtert heraus. Das war knapp.

Am nächsten Morgen machte sich Henry in aller Frühe auf den Weg. Er wollte herausfinden, ob der Ökowinzer tatsächlich das Mospilan für seine Reben verwendete. Er stellte seine GMX 460 Retro einen Kilometer vom Weingut entfernt ab und ging zu Fuß. Vorsichtshalber hatte er eine Kappe auf die Vokohila-Frisur gesetzt und hoffte, so nicht so schnell erkannt zu werden. Langsam schlich er sich an. Es war niemand zu sehen. Er lehnte sich an einen Baum und wartete. Die kleine Hütte hatte er immer im Blick. In seiner Jackentasche befand sich ein Multifunktions-Taschenmesser. „Wenn es hier weiter so ruhig bleibt, kann ich wohl mal versuchen, das Schloss an dem Holzhäuschen zu knacken", dachte Henry. Die Minuten verstrichen und nichts passierte.

„Jetzt wage ich es." Henry schlich zwischen den Weinreben hindurch, als er plötzlich ein Geräusch hörte. Er duckte sich. Aus der Richtung des Weingutes kamen zwei Männer mit einem

Schmalspurtrecker die Einfahrt hinunter. Henry spürte, dass sein Herz schneller schlug. Langsam zog er sich in geducktem Gang zu dem Baum zurück. Von hieraus hatte er einen guten Blick. Die Männer begannen den Boden unter den Rebstöcken zu spritzen. Henry wurde wütend. Auf diesem Weingut wurden nicht nur Insektizide benutzt, sondern auch Herbizide zur Unkrautvernichtung gesprüht. Das war im Ökoweinbau absolut verboten. Er würde den Winzer anzeigen. Aber zunächst brauchte er Beweise. Ein Fotoapparat musste her. So konnte er nichts ausrichten. Er wollte zurückgehen und drehte sich um. Wie aus dem Nichts stand plötzlich ein Mann vor ihm. Groß und breitschultrig versperrte er ihm den Weg.

„Que font-ils ici?", fragte er nicht gerade freundlich.

„Ich, ich mache nur einen Spaziergang", stammelte Henry auf Französisch.

„Mach, dass du wegkommst. Das ist Privatgelände."

„Excusez-moi."

So schnell es sein Bauch zuließ, eilte Henry zu seinem Roller. Als er aufsteigen wollte, stellte er fest, dass beide Reifen zerstochen waren.

„So ein Mist", dachte er verzweifelt. „Wer sein Fahrzeug liebt, der schiebt."

Leise vor sich her schimpfend machte er sich auf den Weg. Bis zum nächsten Ort waren es mindestens zwei Kilometer. Schon nach einem kleinen Stück begann er zu schwitzen. Er blieb stehen und wischte sich die Stirn ab. Widerwillig zog er seine geliebte Lederjacke aus. „Ohne dich fühle ich mich halb nackt", murmelte er leise und verstaute das Kleidungsstück im Gepäckfach. Er begann erneut zu schieben. „So'n Mist. Früher war ich mal fitter", dachte er. „So'n Bauch ist eine ganz schöne Bremse."

Der Weinhändler hatte Glück. In diesem Moment kam sein Nachbar mit seinem Kleinlaster vorbei. Henry musste sich zwar ein paar dumme Sprüche von ihm anhören, wurde aber mitsamt seiner geliebten GMX 460 Retro bequem zurück nach La Bruguiére transportiert.

Währenddessen hatten Verena und Martin den Tag damit verbracht, mit dem Auto die Gegend zu erkunden und einige Weingüter zu besuchen. Beim Frühstück hatten sie aus Doros Notizen eine Auswahl getroffen, welche Weine sie probieren und kaufen wollten und mit Hilfe der Markierungen auf der Karte eine Strecke ausgesucht. Martin blätterte noch ein wenig im Gault Millau.

„Was suchst du denn?", wunderte sich Verena. Das ist doch alles Französisch. Das kannst du doch sowieso nicht lesen.

„Hier!", lachte Martin triumphierend. „Ich hab's! Beim Weingut Domaine Vert Printemps werden die Weine mit acht Flaschen bewertet. Das ist

Spitzenklasse und gar nicht so teuer. Man muss sich nur die Anzahl der Flaschen und die Preise ansehen. Schwupp hat man das beste Weingut gefunden. Das ist ganz leicht."

„Zeig mal. Ja und wo soll das Weingut sein?"

„Du musst einfach den Ort auf deiner Karte finden."

Verena begann zu suchen. Sie hatte keine Ahnung in welcher Gegend ihr Ziel liegen sollte. Akribisch wanderte ihr Blick langsam von Nord nach Süd.

„So ein Mist. Ich finde es nicht und ein Ortsverzeichnis gibt es nicht. Das Beste wäre noch, wenn man ein Gerät erfinden würde, in das man den Ortsnamen einfach reinsprechen könnte und der Ort würde dann aufleuchten."

„Klar! Du hast ja mal wieder eine blühende Fantasie", bemerkte Martin trocken. „Und dann sagt dir das Gerät noch, woher du fahren sollst und wenn du falsch bist, sagt es: ‚Wenn möglich, bitte wenden'."

Verena kicherte: „Genau, so habe ich mir das vorgestellt. Bitte biegen Sie die nächste Straße rechts ab und fahren Sie dann in den Kreisverkehr."

„Los, jetzt rede nicht so einen Quatsch. Mach dich lieber fertig, damit wir losfahren können."

„Kein Problem. Das geht ganz schnell. Ich muss nur noch mal kurz ins Bad."

Verena lief schon die Treppe hinauf.

„Ich hatte es befürchtet", stöhnte Matin.

„Was hast du gesagt?"

„Ach nix."

Martin beugte sich noch einmal über die Karte. Plötzlich zeigte sich ein triumphierendes Lächeln auf seinem Gesicht. Er hatte das Weingut gefunden. Es war knapp 15 Kilometer von La Bruguière entfernt. Domaine Vert Printemps, da würden sie heute auf dem Rückweg hinfahren. Verena würde überrascht sein.

Es wurde ein spannender Tag. Die Menschen auf den Weingütern waren allesamt sehr nett. Englisch wurde hier kaum gesprochen. Verena und Martin mussten sich mit Händen und Füßen verständigen. Aber zum Schluss bekamen sie immer die gewünschten Weine. Der Kofferraum füllte sich nach und nach.

Mittags fanden sie ein nettes kleines Lokal. Wieder wurde die Sprache zur Herausforderung. Beide schauten angestrengt in die Karte. Schließlich zuckte Martin mit den Schultern. „Also ich verstehe nix. In Italien, in Spanien, in Holland, da kann man wenigstens erahnen, was in der Karte steht. Ich habe keine Ahnung, was ich bestellen soll. Hast du den Langenscheidt dabei?"

Verena holte das Wörterbuch aus dem Rucksack und legte es auf den Tisch.

„Na, dann viel Spaß."

Martin fing an zu blättern und fuhr mit dem Zeigefinger suchend über die kleinbeschriebene Seite.

„Ich kann das hier nicht finden. Gigot d'agneau, was soll das denn sein? Ich glaube, ich erfinde eine Maschine, in die man einfach alles eintippt und die automatisch eine Übersetzung liefert."

„Träumer. Jetzt hast du aber eine blühende Fantasie. Wie soll das denn funktionieren?"

„Keine Ahnung. Aber toll wäre es schon. Oder man spricht einfach etwas hinein und bekommt dann sofort die Übersetzung geliefert."

In dem Moment kam der Kellner mit zwei gefüllten Tellern an den Nebentisch.

Verena reckte den Hals. „Das sieht aber gut aus. Das nehme ich auch. Ist mir auch egal, wie man das ausspricht."

„Ich schließe mich an."

Die beiden hatten eine gute Wahl getroffen. Es gab Lammkeule mit Gemüse und kleinen Kartöffelchen.

Jetzt konnte es gut gestärkt weitergehen zum Weingut Domaine Vert Printemps. Die Besitzer hatten es erst vor zwei Jahren übernommen. Sie waren sehr jung aber sie produzierten Weine von toller Qualität. Verena und Martin erstanden einige Flaschen und machten sich dann auf den Rückweg.

Unterwegs fanden sie eine Telefonzelle, so dass sie mit Hilfe der Telefonkarte, die sie in einem Ort gekauft hatten, endlich bei den Eltern zuhause anrufen konnten.

„So, auch erledigt", meinte Martin. „Dann wollen wir mal zurückfahren und den Rest des Tages unser nettes Haus genießen. Morgen müssen wir zur Bank um ein paar Franc zu tauschen. Ich habe kaum noch Bargeld."

Als Martin das Auto vor dem Haus abstellte, sah Verena, dass an der Tür ein Zettel hing. Henry lud sie für heute Abend auf ein Glas Wein ein.

„Das ist aber nett", stellte Martin fest. „Ich bin gespannt auf den schrägen Typ."

Gegen acht Uhr klingelte das Paar am blauen Tor. Henry bat sie freundlich hinein. Er freute sich auf die Gesellschaft. Allerdings hatte er die beiden nicht ohne Hintergedanken eingeladen. Als Urlauber würden sie bestimmt einen Fotoapparat dabei haben. Den benötigte Henry dringend. Er bat seine Gäste auf die Terrasse und schenkte auch gleich einen tiefroten Wein ein. Das Gespräch war locker. Die drei verstanden sich auf Anhieb und gingen direkt zum Du über.

„Was habt ihr denn heute so gemacht?", wollte Henry wissen.

Martin zählte die Weingüter auf, die sie auf Doros Empfehlung besucht hatten und beschrieb die Weine, die sie gekauft hatten. Henry war beeindruckt. „Ihr seid ja richtige Weinkenner. Das sind alles granatenstarke Weine. Ich wusste ja gar nicht, dass ich solche Experten beherberge."

„Wir kennen uns gar nicht so gut aus", antwortete Verena bescheiden. „Wir trinken einfach, was uns schmeckt."

„Nun stellt mal euer Licht nicht unter den Scheffel. Ich bin begeistert von eurer Weinauswahl."

Martin sonnte sich in dem Lob des Weinhändlers. „Ja und zum Schluss waren wir noch im Domaine Vert Printemps", sagte er stolz.

„Im Domaine Vert Printemps?", Henry riss die Augen auf. „Das ist ja unglaublich. Das ist der Newcomer des Jahres. Das ist ein echter Geheimtipp. Ihr seid ja gut informiert."

Verena öffnete den Mund, um den Weinhändler über ihre zufällige Entdeckung aufzuklären, aber Martin war schneller.

„Ja, man unterhält sich mal hier und mal dort. So kommt man an solche wunderbaren Empfehlungen."

Verena warf ihm einen bösen Blick zu. „Wenn das rauskommt", dachte sie erschrocken. „Das wird echt peinlich."

Henry wollte seine Gäste nun aber auch seinerseits beeindrucken.

„Ich werde mal ein ganz besonderes Tröpfchen aus dem Keller holen. Den Wein biete ich normalerweise keinen Gästen an, weil das sonst kaum jemand zu schätzen weiß. Aber bei euch ist das natürlich etwas anderes. Bin gleich wieder da."

Er verschwand im Haus.

„Bist du denn verrückt geworden?", zischte Verena leise. „Du bist ein Hochstapler. Du hast keine Ahnung von französischem Wein und machst hier auf Experten. Wenn der das merkt."

Martin lehnte sich zurück und nahm genüsslich den letzten Schluck aus seinem Glas.

„Bleib doch mal locker. Wir haben eben einen guten Weingeschmack. Wir müssen nur überzeugend bleiben."

„Na toll. Trink bloß nicht so viel."

Der Weinhändler kam mit zwei Flaschen zurück und öffnete sie.

„Ich habe mal zwei tolle Weine für euch mitgebracht."

Er schenkte den ersten ein. Die drei ließen die rote Flüssigkeit eine ganze Weile im Glas kreisen, damit sich durch den Sauerstoff der Geschmack entfalten konnte.

Martin steckte seine Nase tief in das Glas.

„Der hat ein tolles Bukett", meinte er fachmännisch und erntete einen vernichtenden Blick von seiner Frau. Dann nahm er einen Schluck, schmatze ausgiebig und sog zusätzlich Luft in den Mund.

„Was für ein Theater", dachte Verena.

„Sauerkirsche", meinte Martin fachkundig. „Und rote Beeren. Die Barriquenote ist sehr dezent. Wunderbar."

Henry nickte zufrieden. „Und wie schmeckt er dir?", fragte er nun zu Verena gewandt.

„Super." Verena wäre am liebsten im Erdboden versunken.

Im Laufe des Abends wurden die beiden Flaschen immer leerer und die Stimmung immer lockerer.

„Ich habe schon einen ganz schönen Schwips", kicherte Verena nach einigen Gläsern Wein. „Ich glaube, wir sollten mal aufbrechen."

Henry dachte an den Fotoapparat. Er musste die beiden zurückhalten.

„Ich hole uns mal ein bisschen Käse und Brot aus der Küche", verkündete er. „Ich habe noch einen tollen Wein, den ihr unbedingt noch probieren müsst."

Der Weinhändler wollte sich schwungvoll aus seiner bequemen Couch erheben, kam nicht richtig zum Stehen und kippte rückwärts wieder in die Ausgangsposition zurück.

Verena versuchte ein Kichern zu unterdrücken. Martin lachte schallend und erntete einen bösen Blick von seiner Frau.

„Lacht mich nur aus", meinte Henry ungerührt. „So ein Bauch ist eben nicht so leicht zu bewegen." Dabei strich er sich genüsslich über die üppige Wölbung. „Den habe ich mir mühevoll antrainiert. Das ist die Alternative zum Sixpack aus dem Fitnessstudio, alles französische Lebensfreude. Essen und Wein trinken sind eben meine Leidenschaft."

„Du bist eben schon ein wenig Franzose", stellte Verena fest.

„Ich bin mindestens ein halber Franzose", protestierte Henry lachend. „Wenn man dem Gewicht nach geht auf jeden Fall."

Martin reichte dem Gastgeber lachend die Hand und zog ihn mühevoll hoch.

„Siehst du, gar nicht so einfach", kommentierte Henry die Situation. „Da merkst du mal, was ich so alles mit mir herumschleppen muss. Da wird der Gang in den Keller schon zur sportlichen Höchstleistung."

Kurz darauf wurden Käse, Brot und Wein auf den Tisch gestellt.

„Jetzt muss ich aber endlich auch zur Sache kommen", dachte Henry. „Wie soll ich den beiden das mit dem Fotoapparat bloß erklären?"

Schließlich entschied er sich für die Wahrheit und erzählte die ganze Geschichte.

„Ich dachte, dass solche Weinkenner wie ihr Verständnis für die Lage habt und mir vielleicht euren Fotoapparat leihen könntet. Ihr habt doch sicher einen dabei?"

„Wir..."

„Wir haben natürlich einen Fotoapparat dabei", unterbrach Martin seine Frau schnell. „Aber das Beste wird sein, wenn wir dich begleiten. Wir ziehen das Ding zusammen durch."

Verena öffnete den Mund, kam aber wieder nicht zu Wort.

„Das ist ja super. Das habe ich gar nicht zu hoffen gewagt. Dann seid ihr also dabei. Ist morgen früh um zehn Uhr Okay?"

Verena stöhnte. „Das darf nicht wahr sein. Jetzt gehen wir auch noch auf Verbrecherjagd in Frankreich. Das wird ja immer doller", dachte sie.

„Wenn dir das zu früh ist, kann ich auch alleine mitfahren und du schläfst aus, Liebling."

„Das kommt gar nicht in Frage."

„Ja dann ist ja alles klar", freute Henry sich.

„Wir gehen dann mal schnell ins Bett", entschied Verena. „Wir brauchen ja morgen einen klaren Kopf. Gute Nacht, Henry."

„Gute Nacht."

„Gute Nacht."

Am nächsten Morgen trafen sich die drei vor Henrys altem VW-Bulli. Verena stieg hinten ein, während ihr Mann auf dem Beifahrersitz Platz nahm und amüsiert beobachtete, wie der Weinhändler seinen Bauch mühevoll hinter das Lenkrad quetschte.

„Zunehmen ausgeschlossen", dachte Martin.

Henry sah seinen Blick. „Nicht meine Schuld", verteidigte er sich. „Früher waren die Autos einfach kleiner als heute."

Die drei waren bester Laune und fuhren in Richtung Uzés zum Weingut Chateau Bleu Montagne. Henry schob eine Kassette in den alten Rekorder.

„Smoke on the Water", schallte Deep Purple aus dem Lautsprecher.

Martin und Verena stimmten begeistert ein: „And Fire in the Sky."

In Uzés stiegen sie etwas unterhalb der Weinberge aus. Verena hängte sich ihren Koffer mit der Fotoausrüstung um. Henry schaute sie fragend an. „Was hast du denn damit vor? Ist das dein Schminkköfferchen?"

Martin grinste bis über beide Ohren.

„Du wolltest doch, dass ich die Kamera mitbringe. Da ist alles drin. Blitz, Weitwinkel, großes Teleobjektiv und natürlich ein paar 36er Filme. Ich bin auf alles vorbereitet."

„Das kannst du auf keinen Fall alles mitschleppen", bestimmte Henry. „Wenn die uns erwischen sollten, müssen wir schnell sein. Nimm ein Universalobjektiv mit und steck dir einen Film in die Hosentasche."

Verena gehorchte. Henry ging voraus. Sie liefen vorsichtig in Richtung Weingut und sahen sich bei jedem Schritt um, ob auch niemand sie beobachtete. Es war kein Mensch zu sehen. Die Sonne brannte schon ganz ordentlich vom Himmel. Es würde ein heißer Tag werden. Sie näherten sich der kleinen Hütte. Henry nahm ein Werkzeug aus der Hosentasche und öffnete mühelos das Vorhängeschloss.

„Wo hast du das denn gelernt?", fragte Martin beeindruckt. „Warst du in deinem früheren Leben Einbrecher?"

Henry antwortete nicht. Er war zu angespannt um Witze zu machen. Sein Gewissen plagte ihn. In was für eine Lage hatte er die beiden Urlauber gebracht. Das war ganz schön leichtsinnig. Im Inneren des Schuppens war es ziemlich dunkel. Nur ein paar dünne Sonnenstrahlen schienen durch die Spalten in den Wänden. Er holte eine Taschenlampe aus der Hosentasche. Die Kanister, die er vor zwei Tagen durch den Spalt zwischen den Holzbohlen gesehen hatte, standen noch alle auf dem Fußboden. Er leuchtete mit der Taschenlampe auf die Beschriftung.

„Bingo!", zischte er seinen Begleitern zu. „Roundup, hatte ich es mir doch gedacht."

Martin und Verena hatten sich im Hintergrund gehalten.

„Ist dieses das Insektizid, das du vermutet hattest?", fragte Verena.

„Ne, aber das ist Unkrautvernichter. Der ist im Bioanbau ebenfalls nicht erlaubt."

In einem Regal standen ein paar in Folie eingeschweißte Kartons. Verena machte Henry darauf aufmerksam. Dieser richtete den Lichtkegel seiner Taschenlampe auf die Packungen. Mospilan stand mit großen Buchstaben darauf.

„Na dann mal los, Frau Profifotografin. Mach mal ein paar hübsche Beweisfotos."

Verena schüttelte den Kopf. „Hier drin ist es zu dunkel ohne Blitz."

„Dann nimm doch den Blitz."

„Ach Henry, den sollte ich doch im Auto lassen."

„Ich hole ihn schon."

Martin lief den Weg zum Bulli zurück.

„Okay, dann nehmen wir mal einen Kanister und ein Paket mit nach draußen", schlug Henry vor. „Du kannst vielleicht schon mal ein paar Aufnahmen mit der Hütte dahinter machen."

Er reckte sich, um eine Packung mit dem Insektizid aus dem Regal zu nehmen. Unglücklicherweise blieb sein knallroter Hosenträger an einem hervorstehenden Nagel hängen. Das Regal fiel polternd um. Henry strauchelte und landete mit sämtlichen Packungen Mospilan auf dem Fußboden der Hütte.

„Scheiße!", brüllte er laut.

„Super", kommentierte Verena die Situation. „Wir wollten doch unauffällig sein. Professionelle Detektivarbeit habe ich mir irgendwie anders vorgestellt."

Rasch nahm sie einen Kanister Roundup und eine Packung Mospilan mit vor die Hütte und begann zu knipsen.

„Vielleicht mache ich auch ein paar Fotos mit dem Weingut im Hintergrund. Man muss ja auch erkennen können, wo die Bilder entstanden sind. Wer weiß, ob nicht jemand hier aufräumt. Dann haben wir Fotos, die überall entstanden sein könnten und nichts beweisen."

„Du bist ja ein schlaues Mädchen", lobte Henry, der sich inzwischen aus seiner misslichen Lage befreit hatte.

In diesem Moment sahen die beiden vom Weingut aus, einen Mann auf sie zukommen. Er lief sehr schnell und hatte einen Gegenstand in der Hand.

„Scheiße! Verena, wir müssen hier weg. Komm schnell."

Verena schaute von der Kamera auf und sah den Mann. Sie erstarrte vor Angst. Sie erkannte den Typ, der die Waffe am Pont du Garde gekauft hatte. Er war zwar noch ein ganzes Stück weg, aber sie hätte schwören können, dass er genau diese in der Hand hielt.

„Jetzt komm schon", drängte Henry ungeduldig.

Verena hatte das Gefühl, dass sie sich nicht bewegen konnte. Ihre Füße schienen auf dem Boden einbetoniert worden zu sein. Sie war gelähmt vor Angst. Henry nahm ihren Arm und schüttelte sie unsanft. Sie erwachte aus der Starre.

„Der hat eine Pistole", schrie sie.

Im selben Moment lief Verena mit Henry den Berg hinunter. Der Verfolger war schnell. Der Abstand zwischen ihnen verringerte sich gefährlich. Henry konnte Verena kaum folgen.

„Nun komm schon", forderte Verena ungeduldig.

„Ich gebe ja schon alles."

„Es geht um Leben und Tod. Du musst dein Bestes geben."

„Mein Bestes? Das hier ist schon doppelt so viel, wie mein Bestes."

Verena ließ nicht locker. „Nun komm schon, Henry. Lauf schneller."

„Wie soll ich denn meinen Füßen sagen, dass sie schneller laufen sollen, wenn ich sie noch nicht einmal sehen kann?"

Der Weinhändler warf einen kurzen Blick nach hinten und sah erschrocken, dass der Mann immer näher kam. Laut schnaufend versuchte er, das Tempo weiter zu erhöhen. Diese Geschwindigkeit waren seine Füße nicht gewohnt. Sie schienen sich ineinander zu verheddern. Henry verlor das Gleichgewicht. Er fiel, rollte wie eine kleine Lawine den Berg hinunter und blieb wie ein Käfer auf dem Bauch liegen.

„So schnell nun auch nicht."

Verena lachte kurz und schrill auf. So etwas nennt man wohl Galgenhumor.

„Ich habe heute meinen ungeschickten Tag", antwortete Henry. Dann wurde sein Kopf wieder klar. „Lauf", rief er ihr zu. „Mir kannst du sowieso nicht helfen. Mach, dass du weg kommst."

Es war schon zu spät. Der Mann mit der Pistole hatte seine Chance kommen sehen und machte einen kurzen Sprint, stellte sich direkt über Henry und richtete die Waffe auf ihn. Verena stieß erneut einen erschrockenen Schrei aus.

Martin hatte die Lage sofort erfasst. Als er vom Auto zurückkam, sah er die Verfolgungsjagd schon von Weitem. Der Mann war so sehr mit Verena und Henry beschäftigt, dass er ihn nicht bemerkte. Martin lief in einem Bogen um einige Weinreben herum. Er entdeckte einen dicken Ast auf dem Boden, den er aufhob, rannte seitlich auf die Gruppe zu und schlug mit voller Kraft auf den Bewaffneten ein. Der Ast traf ihn mit voller Wucht an der Schläfe. Der Mann war völlig überrascht. Er taumelte und fiel einfach um.

„Los, kommt schon", schrie Martin.

Sie nutzten den Überraschungseffekt und liefen so schnell sie konnten auf den Lieferwagen zu.

„Ist der jetzt tot?", fragte Verena ängstlich.

Beim Einsteigen konnten sie sehen, wie der Angreifer versuchte aufzustehen. Henry startete den Motor und gab Gas.

„Hoffentlich hat er das Fahrzeug nicht gesehen." Verena war nicht ohne Grund besorgt. Der Bulli war nicht unbedingt unauffällig und an beiden Seiten war eine Werbung für den Weinhandel.

In La Bruguière angekommen öffneten sie das blaue Tor, parkten den Wagen im Innenhof und verrammelten alles von innen.

„Was machen wir jetzt?", wollte Verena wissen.

„Ich könnte jetzt ein Glas Rotwein gebrauchen", schlug Martin vor.

„Du spinnst wohl." Verena schüttelte den Kopf. „Das hier ist kein Spiel."

99

„Verena hat Recht", mischte sich Henry ein. „Ich mache jetzt das einzig Richtige. Ich rufe die Polizei. Schließlich haben wir einen Betrug aufgedeckt und sind mit einer Waffe bedroht worden. Ich nehme an, es wird nur eine Frage der Zeit sein, bis der uns hier findet. Der Besitzer des Weingutes hat meine Adresse in seiner Kundendatei."

Er ging ins Haus und führte ein Telefonat.

„So, jetzt werden wir uns hier erst einmal unsichtbar machen", verkündete er dann.

„Wie meinst du das?"

„Folgt mir einfach."

Verena und Martin folgten dem Weinhändler ins Haus. Sie gingen einen schmalen Flur entlang, an dessen Ende sich eine alte schwere Holztür befand, die Henry aufsperrte. Nachdem sie alle durchgeschlüpft waren, schloss der Weinhändler sorgfältig wieder ab. Zur Überraschung der Urlauber befanden sie sich plötzlich im Wohnbereich ihres Ferienhauses.

„Darauf, dass die Häuser eine alte Verbindungstür haben, wird der Gangster hoffentlich nicht so schnell kommen. Hier sind wir halbwegs sicher. Die Polizei muss aus Uzés herfahren und wird sicher eine Weile brauchen."

Sie mussten nicht lange warten, da hörten sie Geräusche aus dem Nebengebäude.

„Der ist schneller als ich dachte", stellte Henry fest. „Ihr zwei geht jetzt rauf in den Schlafbereich und schließt hinter euch ab."

„Ich werde dich doch hier nicht alleine lassen", protestierte Martin.

„Du willst doch jetzt hier wohl nicht den Helden spielen. Das ist meine Sache. Ich bereue schon, dass ich euch damit hineingezogen haben. Los, verschwindet."

Die beiden schlichen davon, stiegen die schmale Treppe hinauf in ihr Schlafzimmer und verschlossen sorgfältig die Tür von innen. Verena ließ sich auf das Bett fallen und Martin rutschte einfach an der Tür entlang auf den Boden, als wenn er seine Frau so vor einem Eindringling hätte schützen können. Die beiden sprachen kein Wort und lauschten angestrengt. Es war nichts zu hören. Verena schaute ständig zur Uhr. Die Minuten schlichen dahin.

„Hoffentlich kommt die Polizei bald", flüsterte sie. Martin nickte.

Plötzlich hörten sie von unten laute Stimmen. Die beiden sahen sich erschrocken an. Es rumpelte fürchterlich, als würde dort unten ein Kampf stattfinden. Beide hielten es nicht mehr aus. Sie konnten Henry doch nicht alleine seinem Schicksal überlassen. Sie schlichen auf den Außengang, der ins Haupthaus zurückführte. Von unten war nun nichts mehr zu hören.

Genau in diesem Moment kam ein Auto die Dorfstraße hinaufgefahren.

„Gott sei Dank. Da kommt die Polizei." Verena seufzte erleichtert.

Doch zeitgleich wurde die Stille von einem lauten Knall durchbrochen.

„Da hat jemand geschossen", schrie Verena außer sich. „Henry! Der hat Henry einfach erschossen." Ohne weiter an die Gefahr zu denken, stürzten beide die schmale Treppe herunter und rannten in den Wohnbereich. Es war dämmrig. Im ersten Moment konnten sie nichts erkennen. Plötzlich sprang die Außentür auf. Zwei Polizisten stürmten ins Haus und richteten die Waffen auf das Paar. In diesem Moment tauchte Henrys Vokuhilafrisur hinter der Küchentheke auf.

„Voici le gangster", sagte er zu den beiden Beamten und zeigte hinter den Küchentresen. Er überreichte den Uniformierten die Waffe.

„Der ist erledigt", grinste er in Martins Richtung. „War verdammt knapp. Ich habe ihm mit der großen Pfanne eins übergebraten und bin dann an die Pistole gekommen. Leider wollte er nicht auf mich hören, so dass ich das Ding auch benutzen musste."

„Wir sind ja so froh, dass dir nichts passiert ist", antwortete Verena. „Wir dachten du wärst tot."

„Du musst der Polizei den Film geben", antwortete Henry.

„Wo habe ich denn meine Kamera?"

Martin hielt ihr die Spiegelreflex unter die Nase. „Die hast du einfach auf die Couch geschmissen, als wir nach oben gegangen sind."

Verena nahm den Film mit den Beweisfotos heraus. „Den kann ich der Polizei aber nicht geben, da sind bestimmt noch zwanzig Urlaubsfotos von uns drauf", erklärte sie.

„Das kann ich dir leider nicht ersparen. Ich hoffe, es sind keine Nacktfotos dabei." Henry hielt sich den Bauch vor Lachen.

„Sehr witzig."

Verena drückte dem Polizisten den Film in die Hand.

„Ihr kommt zu mir, während hier aufgeräumt wird. Ich glaube, wir haben uns ein Glas Rotwein verdient."

Mallorca

Frank W. Kallweit

Ein toter Pirat in Port de Soller
(Tatort: Port de Soller / Mallorca (Spanien))

Die Schlacht

Ede hatte es sich richtig bequem gemacht in seinem Korbsessel auf dem großen Balkon. Dieser Platz bot einen grandiosen Blick über die gesamte Bucht und den Hafen. Eine leichte Brise von der Seeseite ließ den sommerlichen Tag sehr angenehm werden. Ein wohltemperierter Weißwein rundete die Wohlfühlsituation richtig ab.

„So kann man das Leben doch aushalten", dachte er, als ein lauter Kanonendonner ihn genau in diesem Augenblick zusammenzucken ließ. Und es sollte erst der Anfang sein. Mit beiden Händen schützte er seine Gehörgänge, denn der Lärm wurde unerträglich laut. Weitere donnernde Kanonenschüsse folgten. Heftig schlug Ede die kleine Schiffsglocke, die direkt vor ihm von der Balkondecke hing.

„Die Piraten kommen! Bürger, Ihr müsst kämpfen!", schrie er laut.

Doch die Worte wurden vom starken Gefechtslärm einfach verschluckt. Andauernde Salven aus Pistolen, Gewehren, allen Arten von Schusswaffen und einzelne Explosionen waren Ausdruck intensiver Kampfhandlungen, die sich genau vor den Augen des Beobachters abspielten. Es dauerte nicht lange, da zogen riesige Rauchschwaden über die Bucht. Menschenschreie und lautes Kreischen begleiteten den Gefechtslärm. Der Beobachter schien vorbereitet, denn dieser Anblick brachte ihn nicht aus der Ruhe. In einer kurzen Gefechtspause griff er sogar genussvoll zur Weinflasche, um nachzuschenken. Ede hatte mit diesen Ereignissen gerechnet, er hatte sie im wahrsten Sinne des Wortes kommen sehen.

Morgens hatten sich einige größere Fregatten vor der Bucht auf dem offenen Meer gesammelt. Die Flaggen mit dem Halbmond waren gut zu erkennen. Wenig später waren einige Schiffe mit voller

Takelage in die Bucht gesegelt. Mit Kämpfern besetzte Beiboote wurden zu Wasser gelassen. Die Männer hatten Kurs auf den Strand genommen. Ede wusste, diese Piraten waren nicht in guter Absicht gekommen. Zur gleichen Zeit waren an Land aus den Nebenstraßen und den kleinen Gassen Hunderte Männer und Frauen ans Ufer geströmt. An der Strandpromenade waren Haubitzen und Kanonen in Stellung gebracht worden. Aus allen Rohren wurde gefeuert. Von Land her wurden die Ankömmlinge heftig beschossen. Diese erwiderten das Feuer. Die Batterien der Kriegsschiffe schossen aus allen Rohren. So entstand in kürzester Zeit ein heftiges Gefecht. Die ersten Boote hatten das Ufer erreicht. Bei dem Tumult war es für den Beobachter schwer zu erkennen, wer genau zu den Angreifern und wer zu den Verteidigern gehörte. Trotz der heftig werdenden Kampfhandlungen ließ sich Ede seinen Wein schmecken. Er beobachtete genau die weiteren Geschehnisse vor seinem Balkon. Dann vibrierte sein Handy in der Brusttasche seines Poloshirts.

„Wer will mich jetzt stören? Wer kann das denn sein?"

Ede war erstaunt, denn eigentlich war bei diesem Spektakel wirklich keine Zeit, um zu telefonieren. Er schaute aufs Display. Der örtliche Polizeichef Juan Duarte war am anderen Ende der Leitung.

„Wir haben einen Toten im Hafen", meldete der Polizist in kurzen Worten. Bei diesen kriegerischen Handlungen wäre es gewiss ein Wunder, hätte es nur ein einziges Opfer gegeben.

„Nur einen Toten? Juan, Sie enttäuschen mich. Hunderte sollten es wohl sein, aber hoffentlich nur auf der Seite der Angreifer", reagierte Ede auf die Nachricht mit einem Lachen.

Die Reaktion des Polizisten fiel anders als vom Gesprächspartner erwartet aus.

„Ede, hören Sie mir jetzt genau zu. Es ist mir wirklich ernst. Der Wurstprinz liegt tot auf seiner Yacht."

Jetzt konnte Ede auch schon die blauen Lichter der Ambulanz und der Polizeieinsatzfahrzeuge auf der gegenüberliegenden Seite der Bucht erkennen.

„Verdammt!"

Abflug

Flughafen Dortmund vor ungefähr vier Jahren:

„Na, Opi willste auch ne Pulle?"

Der junge Mann mit großem Strohhut auf dem Kopf stand in einer Gruppe Gleichaltriger, die sich um eine Getränkekiste eines regionalen Bierproduzenten gesellt hatte. Bei seinen Worten hielt er dem gerade mit einem Koffer im Schlepptau vorbeischlendernden älteren Herrn eine frisch geöffnete Flasche des Gerstensaftes entgegen.

„Danke, aber es ist doch ein bisschen früh für solche Getränke", mit diesen Worten lehnte der

Angesprochene das Angebot im ruhigen Ton ab, ohne dabei unhöflich zu werden.

„Lieber früh als zu spät", grölte ein anderer der trinkfesten Freunde.

Früher wäre eine solche Aktion, ihn in dieser ungehobelten Art anzusprechen und ihn respektlos als Opa zu titulieren, nicht folgenlos geblieben. Dieser so bieder und schüchtern wirkende ältere Herr hätte lautstark und massiv reagiert. Schließlich war dieser Mann eine zu respektierende Amtsperson gewesen, Leiter der Mordkommission in Iserlohn, Hauptkommissar. Doch seit einigen Wochen hatte sich dies drastisch geändert, er war nur noch Ede Kowalski, ein stinknormaler Pensionär, ein Zivilist. Er hatte sich den Zeitpunkt seiner Ruhezeit herbeigesehnt, denn im Erneuerungswahn seines jungen Chefs war für altgediente Kollegen irgendwie kein Platz mehr. Längst hatte er Pläne geschmiedet für die Zeit danach. Lange ausschlafen, ausgedehnte Wanderungen im Sauerland, abends mit Freunden Doppelkopf spielen, damit wollte er nun seine Zeit gestalten. Und nun stand er um kurz nach halb sechs in der Früh hier mitten in einer fast menschenleeren Halle. Mit der Zeit leerten sich die Bierflaschen und die Abflughalle füllte sich. Auf nach Malle, hieß die Tageslosung für die Frühaufsteher.

Bisher war Ede Kowalski nur einmal auf der Baleareninsel gewesen. Vor ungefähr dreißig Jahren hatte er im Kreis seiner Doppelkopfrunde für ein langes Wochenende den Ballermann besucht. Nach den Eindrücken dieses Trips hatte er die Insel von der Liste möglicher Urlaubsziele gestrichen. Und nun sollte ihn die erste Reise als Pensionär auf diese Insel führen.

Ungefähr drei Monate vor seiner Verabschiedung aus dem aktiven Polizeidienst hatte er die Nachricht erhalten, der er zuerst keine große Beachtung geschenkt hatte, obwohl das Schreiben eines Notars aus Köln sehr seriös wirkte. Von einem Nachlass war im Brief die Rede. Gut, was könne man ihm schon großartig hinterlassen, hatte der Polizist gedacht, wahrscheinlich seien es keine Dinge von großem Wert. Der genannte Erblasser war für Ede Kowalski kein Unbekannter, ein entfernter Großonkel mütterlicherseits. Entfernt ist wirklich eine treffende Beschreibung für diese Beziehung. Eigentlich war Onkel Gustav stets unterwegs gewesen. Seine Ansichtskarten, die Ede als kleiner Junge von exotischen Reisezielen erhalten hatte, waren in seiner Erinnerung haften geblieben. Nur wenige Male hatte er seinen Onkel leibhaftig getroffen. Auf den großen Familienfeiern, Hochzeiten, runden Geburtstagen und Beerdigungen hatte Onkel Gustav mit seinem Akkordeon im Mittelpunkt gestanden. Es waren die alten Volkslieder aus der schlesischen Heimat gespielt worden, die in Verbindung mit dem Genuss von alkoholischen Getränken insbesondere die älteren Gäste zu lautem Gegröle animiert hatten. Für die Kinder hatte der Onkel meist nicht viel zu bieten. Er hatte aus seinen Hosentaschen ein paar alte Eukalyptusbonbons hervorgezogen, die bei den Kindern auf wenig Gegenliebe gestoßen waren. Genau dieser Onkel, sollte nach Auskunft des Notars, Ede Kowalski eine Eigentumswohnung in einem Feriengebiet hinterlassen haben. Kowalski hoffte auf einen Standort im Sauerland. Doch der Notar musste ihn enttäuschen, die Immobilie lag in der Ferne im Mittelmeer. Eigentlich hätte die Freude über einen unverhofften Immobilienzuwachs auf der Lieblingsinsel der Deutschen riesengroß sein müssen, doch bei Ede Kowalski wurde durch solche Botschaften kein einziges Glückshormon freigesetzt. Ungeplante Veränderungen erzeugten bei ihm eher Unbehagen. Er war zwiegespalten. Trotz alledem wollte er seine Erbschaft auch nicht ausschlagen. Deshalb hatte er ein Ticket für den stählernen Vogel gebucht, lediglich einen Hinflug. Auch dies erzeugte eine Unsicherheit, die an seinem Nervenkostüm zerrte.

One-Way-Ticket ohne Rückkehr?

Nein, so war es nicht gedacht. Nach Deutschland, genauer gesagt ins Sauerland, wollte Kowalski unbedingt zurückkehren, doch er wusste ja nicht wie lange die Angelegenheit auf Mallorca dauern würde. Nach seinem Ausscheiden aus dem aktiven Dienst wollte er eigentlich sein Leben ganz ruhig angehen, Ruhestand. Doch die jetzige Situation erzeugte Stress.

Auf einer Feier hatte sein Onkel von seinen Aufenthalten auf der Mittelmeerinsel berichtet. Er hatte von der langen anstrengenden Fahrt über kurvenreiche schmale Straßen vom Flughafen in Palma durch die Berge erzählt. Eine Reise, die mit solchen Strapazen begann, konnte für Ede kein Erholungsurlaub sein. Die lange Fahrt mit einem historischen Zug und Weiterfahrt mit einer alten Straßenbahn an die Küste war auch keine ernsthaft in Erwägung zu ziehende Alternative. Doch ein neuer Tunnel hatte die Anreisezeit verkürzt, leitete jedoch einen größeren Touristenstrom direkt in den Ort. „Die schöne Ruhe ist dahin", hatte sich sein Onkel beklagt. Über die steigenden Immobilienpreise hatte er jedoch nie ein Wort verloren.

Nach einem ruhigen Flug war Ede Kowalski auf der Insel gelandet und setzte die Anreise im Mietauto fort. Den Weg hatte er sich im Internet angesehen und die ausgedruckten Blätter auf den Beifahrersitz gelegt. Nachdem er den Tunnel passiert hatte, war es nicht mehr weit bis Port de Soller. Im Ort musste er sich links halten und direkt am Wasser entlang in Richtung Leuchtturm fahren.

„Da ist ja mein Ziel", sprudelte die Erleichterung aus ihm heraus.

Die Wohnanlage, vor der nun das Mietauto stand, war wie ein massiver Berg gebaut. Wo kann ich denn hier parken? Eine kleine Parkbucht an einer Mauer trug ein Schild mit dem Namen seines Onkels. „Das ist ja ein Witz, aber kein Parkplatz. Bin ich hier im Legoland. Kleiner ging es wirklich nicht." Kowalskis Puls stieg. Das Rangieren war ziemlich schweißtreibend. Anschließend musste er sich durch einen schmalen Türspalt ins Freie zwängen.

„Fängt ja super an!"

Mit seinem Rollkoffer und einer Reisetasche machte er sich auf den Weg in seine neue Wohnung. Ein paar Meter musste er auf der Straße zurückgehen. Die Tasche hatte er auf den Rollkoffer gestellt und zog so sein Gepäck hinter sich her, bis er das große eisernen Eingangstor erreichte. Der Schlüssel passte. Anschließend folgte ein erster Blick ins Innere der Anlage.

„Das gibt es doch nicht!"

Eine steile Treppe führte nach oben. Nun musste er sein Gewicht und das seines Gepäcks in der Mittagssonne hinaufschleppen. Zum Fluchen fehlte ihm der Atem. Auf dem ersten Podest hechelte er wie ein altersschwacher Hund. Kowalski gönnte sich nur eine kurze Pause, dann folgte er einem kleinen Weg nach links und schon lag die nächste Treppe vor ihm. Dieses sollte nicht der letzte Anstieg sein. Mit letzter Kraft hatte er es geschafft, er stand vor der Wohnungstür. Es war dunkel, aber angenehm kühl in den Räumen. Die Fensterläden waren verschlossen und die Sparbirnen der

Lampen spendeten nur wenig Licht. Sein Gepäck hatte er im Flur stehengelassen und war direkt durch das Wohnzimmer zur Balkontür gegangen, die er öffnete, um dann die hölzernen Läden aufzuklappen. Die helle Mittagssonne blendete ihn. Direkt vor ihm lag ein großer innenliegender Balkon. Kowalski rieb seine Augen. Ja, dieser Ausblick war real.

„Wow, der Anstieg hat sich wirklich gelohnt", mit diesen Worten ließ sich Ede in einen der Korbsessel fallen und blickte über die vor ihm liegende Bucht auf das weite blaue Meer. Ede Kowalski war angekommen.

Dies ereignete sich vor fast vier Jahren. Um soziale Kontakte zu knüpfen, musste Kowalski viel Zeit und Ausdauer investieren. Seine Ausdauer wurde belohnt. In der deutschen Community auf der Insel hatte er ein Netzwerk gefunden. Viel schwerer fiel es dem Sauerländer, Bekanntschaft mit Einheimischen zu schließen. Sein Dienst bei der Polizei wurde hierbei zum Schlüssel für regelmäßige Kontakte zum örtlichen Polizeichef Juan Duarte

Ein toter Pirat

1561 schlugen die Vorfahren der Einwohner eine Korsaren-Flotte in die Flucht. Dieses Ereignis feiern die Sollerics, die Einwohner Sollers, bis heute.

Es Firo ist das bedeutendste Volksfest der Gemeinde. Am 11. Mai 1561 gingen in der anbrechenden Morgendämmerung 23 algerische Galeeren in der Bucht von Soller vor Anker. Wenig später ließ der Hauptmann der Stadt, Joan Angelats, die Glocken Alarm läuten.

Jeden Montag nach dem zweiten Wochenende im Mai greifen Sollers Einwohner zu den Waffen. Seit 1854 stellen sie alljährlich eine Schlacht nach, die tatsächlich stattgefunden hatte. So war es auch in diesem Jahr, doch diesmal sollte ein anderes Gefecht für große Schlagzeilen in den Nachrichten sorgen.

Mit dem Anruf des örtlichen Polizeichefs war die Feier für Kowalski beendet. Ein deutscher Resident war tot an Deck seiner Yacht gefunden worden. Ede Kowalski musste von seiner Wohnung auf die andere Seite der Bucht gelangen. Das Auto zu nehmen wäre zwecklos, da gerade das Fest Es Firo im vollen Gange war und große Menschenansammlungen, die laut grölend und alkoholisiert herumzogen, alle Wege und Plätze füllten. Selbst zu Fuß war es recht schwierig, voranzukommen. Einmal im Jahr war die gesamte Gemeinde richtig in Feierlaune. Die Menschen hatten vom tödlichen Vorfall noch nichts mitbekommen. Wie sollten sie auch, denn an diesem Tag war ein Gewehrschuss wirklich nichts Bemerkenswertes, er ging im

Donner der Kanonen einfach klanglos unter. Immer wieder musste Kowalski Feiernde beiseiteschieben, da er keine Lücken fand. Ab und zu wurde er von Passanten gegrüßt, von einem Piraten oder einem Verteidiger der Insel. In der Kostümierung konnte er meist die wahre Identität nicht erkennen. Als Kowalski endlich in die Nähe des Yachtanlegers kam, sah er schon die vielen uniformierten Polizeikräfte und das Blaulicht der Einsatzfahrzeuge. Der Tatort war weiträumig mit Flatterband abgesperrt. Für Ede Kowalski waren die Absperrungen und Wachposten kein Hindernis. Die Inselpolizei kannte und schätzte seinen Sachverstand. Er war der Kontakt der heimischen Polizei zur deutschen Community auf der Insel. Der Pensionär half, wenn deutsche Anwohner oder Touristen in Straftaten verwickelt waren, vermittelte oft bei Streitigkeiten. Das war auch der Grund, warum Ede Kowalski vom hiesigen Leiter der Polizei umgehend über diesen Vorfall informiert worden war. Das Opfer war ein deutscher Bewohner der Insel, nicht irgendein Bewohner. Der Tote war eine lokale Größe im Gastronomiebereich. Ein mit einer Plane abgedeckter Körper lag auf dem Deck der Yacht des Wurstprinzen. Sein bürgerlicher Name war Willi Prinz. Mit einem kleinen Bratwurststand hatte er angefangen. Nach rund zwanzig Jahren war die Insel übersät mit seinen Buden und Verkaufswagen. Die deutsche Wurst hatte den Metzger aus einem

fränkischen Dorf zum Millionär auf Mallorca gemacht. Seine Yacht war im Hafen nicht zu übersehen. Hier lagen einige kapitale Schiffe, aber dieses
gehörte zu den größten und modernsten. An Bord
war neben zahlreichen uniformierten Polizisten
und der Kriminaltechnik auch der Chef der Mordkommission. Zur Begrüßung nickte Ede ihm zu.
Dann ging er auf den abgedeckten Körper zu.
„Hier liegt der Wurstprinz. Er wurde erschossen",
erklärte der Polizeikommandant.
„Wahrscheinlich mit einem historischen Vorderlader, passend zum heutigen Szenario", ergänzte der
Pensionär aus Deutschland.
„Da haben Sie wahrscheinlich recht", stimmte ihm
der spanische Polizist zu.
Gerade als Kowalski, die Plane anheben wollte,
um sich ein Bild vom Zustand des Opfers machen
zu können, polterte es laut hinter seinem Rücken.
Kowalski drehte sich hastig um. Direkt vor ihm
wurde eine Luke vom Unterdeck geöffnet. Alle
Umherstehenden wollten ihren Augen nicht
trauen. Laut lallend und ziemlich lebendig erschien der Wurstprinz aus der Versenkung. Der
Totgeglaubte lebte.
Wer ist denn dann das Opfer?
Hastig lüftete Kowalski die Plane und damit das
Geheimnis. Auf den ersten Blick war die vor ihn
liegende Person schwer zu erkennen, ein Pirat mit
schwarzer Perücke. Genauso sah heute ein großer

Teil der Einwohner Sollers aus. Doch beim genaueren Betrachten war es klar.

„Es hat Immobilienmakler Josef Sprengel erwischt", gab der Pensionär sofort sein erstes Ermittlungsergebnis preis.

Die Villa des Opfers thronte genau über ihnen auf einem Bergkamm. Eine Seite des Prachtbaus war zur Bucht gerichtet, die andere Seite ließ die Bewohner weit hinaus aufs offene Meer schauen.

„Mein Gott, Josef. Ist er tot?", der Wurstprinz war sichtlich berührt vom Anblick des Opfers.

„Hast du Sprengel erschossen?", wollte der deutsche Ex-Polizist wissen.

„Nein, nein, ich war das nicht. Das musst du mir glauben. Wir haben den ganzen Tag gefeiert. Ein Kommen und Gehen war es auf meinem Boot."

„Wurde auch geschossen?"

„Natürlich, das gehört ja zum Fest dazu, aber natürlich nur mit Platzpatronen."

An Einzelheiten konnte sich der Befragte nicht erinnern. Nur daran, dass er gerade erst unter Deck mit einem Brummschädel wachgeworden war. Er versicherte, nicht zu wissen, wie er in diese Situation geraten sei. Der Alkohol könne ihn nicht ausgeknockt haben. Er wisse genau, wieviel er vertragen könne. An diesem Tag habe er nur wenig Alkohol getrunken. Trotzdem habe er diese Gedächtnislücke. Josef Sprengel sei schon früh zu ihm auf die Yacht gekommen und habe kräftig mitgefeiert.

In seinen letzten Erinnerungen sei das Opfer sehr lebendig gewesen.

Der Polizeichef hatte mit seinen Kollegen begonnen, die Schaulustigen zu befragen, ob jemand etwas gesehen habe. Viele maskierte Menschen seien auf dem Boot gewesen, haben lautstark gefeiert und wiederholt in die Luft geschossen. Zahlreiche Schüsse seien zu hören gewesen. Dann sei einer der feiernden Piraten auf dem Boot zu Boden gestürzt.

„Der hat wohl zu viel vom Wein genossen", hatte der Beobachter noch zu seiner Frau gesagt.

Seine Begleitung bestätigte die Aussage durch ein Nicken.

„Ist Ihnen in diesem Zusammenhang eine verdächtige Person aufgefallen, die die Tat begangen haben könnte?"

„Ja, ja, ein Mann ist kurz nach dem Schuss eilig von Bord gegangen."

„Können Sie die verdächtige Person genauer beschreiben?"

„So ein verkleideter Pirat halt mit einer Pistole im Gürtel. Ob diese Person wirklich der Schütze war, das kann ich aber nicht sagen." Eine weitere Beschreibung konnte der Zeuge nicht geben.

„Ein schwieriger Fall. Und die Aussagen der Zeugen sind auch nicht sehr hilfreich", seufzte der Polizeichef.

„Ich werde mich mal in der deutschen Community umhören", bot Kowalski seine Dienste an und verließ den Tatort.

Die Deutsche Community

Auf seinem Rückweg musste der pensionierte Beamte wieder einmal um die gesamte Bucht laufen, um auf die andere Seite zu gelangen. Er ging an der Marina entlang und folgte immer weiter der Promenade am Wasser. Noch immer waren große Scharen von Feiernden unterwegs. Der Ex-Polizist nutzte die Zeit, um über diesen Fall nachzudenken.

Wer war eigentlich dieser Josef Sprengel? In den neunziger Jahren war er ziemlich mittellos auf die Insel gekommen. Anfangs hatte Sprengel Zimmer und Ferienwohnungen an Touristen vermittelt. Mit der Zeit wurden die Objekte größer, aus Mietern wurden neue Eigentümer. Als Makler von Luxusanwesen flossen dann große Provisionen auf sein Bankkonto. Der Immobilienboom machte ihn schließlich zu einem der reichsten Männer der Insel. Mit seinem späteren Partner Dirk Volkel, ein gelernter Schreiner, der auf Mallorca einen Hausmeister- und Poolservice aufgebaut hatte, hatte er das Unternehmen zum größten Immobilienvermittler auf der Insel ausgebaut. Seit zwei Jahren arbeitete auch Sprengels Sohn Mark im Geschäft.

So viel Reichtum, der offen zur Schau getragen wird, lockt auch viele Neider und Kriminelle an. Kam der Täter aus diesen Kreisen? Jedoch handelt es sich bei den meisten Kapitalverbrechen um Beziehungstaten im familiären Umfeld. Auch diesen Aspekt galt es näher zu betrachten. Das Opfer Josef Sprengel war geschieden und hatte vor einigen Monaten seine Geliebte Svetlana zur Ehefrau genommen. Damit hatte sich das Alter seiner Lebensgefährtin halbiert. War seine betrogene Ex-Ehefrau an der Tat beteiligt? Ein Motiv hatte sie. Über den Rosenkrieg war in der Inselzeitung monatelang berichtet worden. Endete der verbale Streit mit dem Einsatz von Schusswaffen?

Das laute Klingeln der Straßenbahn riss Kowalski aus seinen Gedanken. Er lief genau auf den Schienen, so wie viele andere Passanten um ihn herum auch. Heute hatte es die Tram nach Soller besonders schwer, sich ihren Weg zu bahnen. Kowalski verließ die Gleise und bog nach rechts ab. Er folgte der Strandpromenade, die ihn direkt an zahlreichen Restaurants vorbeiführte.

Eines dieser Lokale hieß „Es schmeckt!". Das Ehepaar Tom und Nora Grünfeld, die beide in Deutschland über Jahre in der Sternegastronomie gearbeitet hatten, hatten hier einen Ort für ihren Lebenstraum gefunden. Die Deutschen hatten sich auf der Baleareninsel dem Genuss regionaler frischer Zutaten verschrieben. Aus anfänglichen Beratungen in Sicherheitsfragen wurde eine freundschaftliche Beziehung. Obwohl Kowalski die herausragenden Kochkünste schätzte, speiste er in dem Restaurant nur bei ganz besonderen Anlässen. Die Qualität hatte schließlich ihren Preis und Kowalskis Haushaltskasse als Pensionär ein überschaubares Budget. Heute wollte er einkehren. Zwar war das Restaurant wegen des Feiertages geschlossen, aber vielleicht würde der Ermittler an diesem Ort einige Mitglieder der deutschen Community antreffen. Kowalski klopfte energisch an die Tür. Es dauerte nicht lange, da wurde von der Chefin persönlich geöffnet.

„Hola, Ede. Du weißt schon, dass wir heute eigentlich geschlossen haben?"

„Ja, aber ich bin nicht hier, um zu speisen. Ihr wisst es wahrscheinlich noch nicht."

Nora Grünfeld schüttelte den Kopf und schaute ihn erwartungsvoll an.

„Der Josef Sprengel ist tot", erklärte er mit wenigen Worten.

„Was ist passiert? Ein Unfall?", wollte die junge Frau wissen.

„Nein, kein Unfall. Sprengel wurde heute ermordet", antwortete Kowalski knapp.

„Oh nein! Das ist ja schrecklich!" Nora Grünfeld hatte die Nachricht sichtlich getroffen. „Josef war oft Gast in unserem Restaurant. Gestern Abend noch speiste er hier gemeinsam mit Svetlana, seiner neuen Ehefrau. Und jetzt ist er tot. Das ist wirklich grausam. Wo ist es denn passiert?"

„Hier ganz in der Nähe. Sprengel wurde in der Marina auf der Yacht vom Wurstprinzen erschossen."
Während Nora Grünfeld die Nachrichten innerlich verarbeiten musste, bewegte sich Kowalski langsam in Richtung Gästeraum. Dort war nur ein einziger Tisch besetzt, an dem der Restaurantchef gemeinsam mit einem jungen Mann saß.

„Hallo Ede, setz dich zu uns. Unfassbar, dass der Sprengel tot ist. Gestern saß er noch hier am Fenster."

Kowalski nickte.

„Kennst du Ben Weiler schon? Der arbeitet bei unserem Winzer Pere Puntiro in Santa Maria del Cami."

Die Männer gaben sich zur Begrüßung die Hand, dann setzte sich Kowalski mit an den Tisch.

„Ich habe schon gehört, dass seit ein paar Wochen ein junger Winzer aus Deutschland bei Pere arbeitet. Getroffen haben wir uns persönlich aber noch nicht. Was hat Sie zu uns auf die Insel geführt?"

„Nach meinem Studium am Weincampus in Neustadt habe ich mich dazu entschlossen, erste Erfahrungen im ökologischen Weinbau im Ausland zu sammeln", erklärte der Jungwinzer.

„Ja, aber es gibt doch so viele bedeutsame Weinregionen auf der Welt, Australien, Kalifornien, Neuseeland. Selbst bei Weinanbau in Spanien denkt man an viele dafür bekannte Regionen, aber nicht unbedingt an Mallorca. Warum wurde es ausgerechnet unsere Insel?", hakte Kowalski nach.

„Auf Mallorca gibt es rund siebzig Weingüter, das wissen die meisten Besucher der Insel gar nicht. Und, was für mich noch wichtiger ist, einige endemischen Reben wachsen hier. Das Engagement, mit dem sich Pere in seinem Traditionsbetrieb für den Erhalt dieser alten Weinstöcke einsetzt, das hat mich auf die Insel gelockt. So bin ich hier auf Mallorca gelandet", erklärte der Jungwinzer.

„Die Touristen trinken meist Bier oder den Wein vom spanischen Festland. Unserer Weinregion Binnisalem und die tollen Köstlichkeiten, die dort gekeltert werden, kennen die wenigsten."

Tom Grünfeld hatte seinen Satz gerade beendet, da stellte seine Frau auch schon eine Flasche Wein und drei Gläser auf den Tisch. Wenig später folgte ein Tablet mit Gourmet-Tapas, Kleinigkeiten ganz groß im Genuss.

„Danke! Da greif ich doch gleich zu", Kowalskis Worten folgten sogleich auch Taten. „Mmh, ist wirklich super lecker. Es schmeckt!"

Der Restaurantchef lachte: „Es schmeckt! Dann sind wir hier ja genau richtig. Darf es auch noch ein Gläschen Wein dazu sein?"

Kowalski hatte den Mund ziemlich vollgenommen, deshalb nickte er nur und hielt sein leeres Glas hin.

„Natürlich muss es ein Wein von Pere sein. Es ist Prensal Blanc, eine einheimische weiße Rebe."

„Der ist wirklich toll", bemerkte der Hilfsermittler euphorisch nach dem ersten Schluck, bei dem es nicht lange blieb.

Dagegen klang die Nachricht aus dem Mund des deutschen Jungwinzers doch ziemlich betrübt: „Wahrscheinlich ist das hier der letzte Jahrgang aus diesem fantastischen Weinberg."

Die beiden anderen Männer blickten erstaunt.

„Uns wird das Wasser abgegraben. Man soll ja nicht schlecht über Tote sprechen, aber der Sprengel hat sich nicht nur Freunde auf dieser Insel gemacht."

Kowalski schluckte einmal, dann spülte er mit Wein nach. „Das wäre wirklich schade. Wieso gräbt der Sprengel euch das Wasser ab?", wollte Kowalski wissen.

„Sprengel hat ein riesiges Grundstück an den Wurstprinzen verkauft, der dort eine Luxusfinca mit Golfplatz bauen will. Die Quelle und der Bachlauf, die unseren Weinberg versorgen, liegen auf seinem Grund und Boden. Er hat damit den direkten Zugriff. Ohne Bewässerung werden unsere alten Reben schon bald sterben. Pere hat Sprengel sein Anliegen vorgetragen, den alten Weinberg zu retten. Doch er hat nur laut gelacht. Pere solle seinen Weinberg am besten verkaufen. Das seien nicht die ersten alten Rebstöcke, denen das Wasser abgegraben wird. Ohne Wasser ist ein Stück Land wertlos."

„Pere ist ein lieber Kerl", ergriff der Restaurantchef das Wort, „wirklich. Ede, du solltest da keine falschen Schlüsse ziehen. Sprengel soll reihenweise deutsche Handwerker auf die Insel gelockt haben, um seine Villen sanieren zu lassen. Am Ende hat er mit frei erfundenen Mängeln die Bezahlung der ausgeführten Leistungen verweigert. Mit einem kleinen Handgeld hat er die Handwerker abgespeist. Widerwillig kehrten sie wütend nach Deutschland zurück. Das sind die Gerüchte, die auf der Insel kursieren."

Nach kurzer Zeit war die Weinflasche geleert und Kowalski hatte einige Neuigkeiten erfahren. So machte er sich wieder auf seinen Weg die Strand-Promenade entlang. Bis Zuhause waren es nur noch wenige Meter. Direkt unterhalb des Häuserblocks, in dem sich seine Wohnung befand, lag auf dem Sandstrand das Restaurant „Piratennest". An dieser Stelle war der Strand mit feiernden Menschenmassen überfüllt. Die Tische des Restaurants waren allesamt bis auf den letzten Stuhl besetzt. Zusätzlich hatte man noch zahlreiche Stehtische dazugestellt, an denen sich große Menschentrauben gebildet hatten. Eine dieser Gruppen bestand nur aus Frauen. Direkt auf dieses Ziel steuerte der pensionierte Polizist zu. Kowalski war für die Frauen kein Unbekannter. Mit Cocktailgläsern und Flaschen wurde ihm zur Begrüßung zugeprostet. Die Feierlaune der Anwesenden schien ungetrübt zu sein, also hatte sich die Information über den Mord offensichtlich nicht bis dorthin verbreitet.

Direkt neben dem Pensionär standen zwei Frauen mittleren Alters, Emma Will und Lisa Feld. Die beiden Frauen waren im Kreis der deutschen Bewohner nur als Häkel-Emma und Strick-Liesel bekannt. Sie betrieben gemeinsam am anderen Ende der Bucht gegenüber dem Bahnhof ein kleines Modelädchen. Die Unternehmerinnen hatten sich auf Strand- und Freizeitmode spezialisiert, nicht irgendeine Massenware aus Fernost sollte es sein, nein, ihre Textilien wurden selbst gehäkelt und gestrickt. Die Aussteigerinnen aus Deutschland hatten den Weg nach Mallorca über Ibiza gefunden. In Port de Soller hatten die attraktiven Frauen schnell Sponsoren für ihre Ideen gefunden. Bereits nach kurzer Anlaufzeit wurden ihre Maschen zum Strandläufer, und dies nicht nur in Port de Soller. Bald schon reichten vier Hände für die Fertigung nicht aus. Frauen aus der Region arbeiteten für die beiden Unternehmerinnen. Doch die Strickerinnen trugen nicht nur ihren Lohn nach Hause, sondern auch die Ideen der Frauenbewegung. Dieses Gedankengut stieß bei vielen einheimischen Machomännern nicht auf viel Akzeptanz. Seit dieser Zeit wurden die Schaufenster der Geschäftsräume regelmäßig mit derben Sprüchen beschmiert oder von Zeit zu Zeit sogar eingeschlagen.

Kowalskis Blick durchsuchte die umherstehenden Feiernden nach bekannten Gesichtern. Aufgrund der Kostümierungen war dies ein schwieriges Unterfangen.

„Emma, sag mal, hat denn die Ex-Frau von Josef Sprengel heute nicht mit euch gefeiert?", wollte Kowalski wissen.

„Doch, Julia hat die ganze Zeit hier mit uns am Strand verbracht. Sie ist mit der Sabine Prinz gegangen, das muss so ungefähr vor einer halben Stunde gewesen sein", antwortete Emma.

Sabine Prinz war die Ehefrau vom Wurstprinzen. Da sie in Palma auf der Schinkenstraße ein bayrisches Restaurant betrieb, wurde sie allgemein nur die Knödel-Fee genannt.

„Die Knödel-Fee, äh Sabine, hat einen Anruf auf ihrem Handy gekriegt, schien irgendetwas Unangenehmes gewesen zu sein. Das war, glaube ich, von ihrem Mann. Kurz später ist sie dann mit Julia aufgebrochen", ergänzte Lisa.

„Ja, es gab heute einen Zwischenfall auf der Prinz-Yacht, aber dem Wurstprinzen ist nicht viel passiert. Mehr kann ich dazu nicht sagen", gab Kowalski seine Information in Kurzform weiter.

Wenn die Ex vom Sprengel hier im Piratennest im Kreis der Frauen gefeiert hat, kann ich sie von der Liste der Verdächtigen schon mal streichen, dachte der pensionierte Polizist.

Die Frauen um ihn herum hatten sich von ihm abgewandt, um einen dichten Kreis um einen Neuankömmling zu bilden. Frauenrücken und -köpfe versperrten Kowalski den Blick, deshalb stupste

Kowalski mit dem Finger an die nächste Frauenschulter.

„Lisa, kann denn etwas interessanter sein als der alte Ede?"

Die Frau drehte sich lachend zu Kowalski um.

„Ede, da gibt es gewiss nicht viele Männer, die dir das Wasser reichen könnten, aber jetzt ist einer gekommen. Der Mai ist gekommen, durchtrainiert und braun gebrannt. Sieht der Mike nicht wieder gut aus?" Ein sehnsuchtsvoller Seufzer folgte.

„Warum nennt er sich so? Ist er im Mai gekommen?"

Kowalski hatte die Frage nicht ganz ernst gemeint. Auf der Insel kannten alle den Surflehrer und Personaltrainer als Mike Mai, obwohl in seinem Personalausweis der Name Michael Hintermair eingetragen war.

„Mike kommt nicht nur im Mai, das könnt ihr mir glauben", prustete es laut aus dem Mund von Emma. Ihre Reaktion war wohl dem Genuss von zu viel Alkohol geschuldet.

„Du musst es ja wissen, aber jetzt bist du hoffentlich schlauer", bemerkte Lisa schnippisch.

„Als Frau mit Geld musst du aufpassen. Zuhause musst du dann jeden Abend im Bett nachschauen, ob Mike nicht schon drin liegt", erklärte Emma mit Wehmut in der Stimme.

„Kann dir ja nicht mehr passieren. Mike bleibt nämlich nur so lange das Geld reicht. Diese

Erfahrung haben schon einige Frauen auf Malle gemacht."

Kowalski verabschiedete sich von den Frauen und machte sich auf den kurzen, aber steilen Heimweg in seine Wohnung.

Der Weg nach Binissalem

Am nächsten Morgen machte sich Kowalski direkt nach einem kurzen Frühstück in seinem kleinen Auto auf den Weg in die Weinregion. Port de Soller war ziemlich menschenleer, nur die orangene Kleidung der Entsorgungseinheiten, die die Spuren der Feier beseitigten, leuchtete in der Morgensonne. Friedlich, fast unschuldig lag das Meer vor ihm, als hätte es die Ereignisse des Vortages nicht gegeben. Kowalski verließ die Bucht in Richtung Soller und folgte der Ma-11 einmal über den Bergzug ins Innere der Insel. Dann nahm er den Abzweig Bunyola und folgte der Ma-2020 in die Binissalem-Ebene. Nach wenigen Kilometern hatte Kowalski den Weinort Santa Maria del Cami erreicht. Hier steuerte er sein Auto mitten in das Zentrum und parkte direkt am Placa Nova. Der Platz wurde umringt von einigen alten Häusern. Eines dieser Gebäude beherbergte die Bodega von Pere, Kowalskis Ziel an diesem Morgen.

Der Platz war fast menschenleer. Ein zerbeulter Kleinwagen parkte ganz in der Nähe des

Ermittlers. Zwei Männer, die Mützen tief ins Gesicht gezogen hatten, verließen das Auto, um über den Platz zu eilen und in Peres Bodega zu verschwinden. Dies hatte die Neugier des pensionierten Polizisten geweckt. Kowalski verließ sein Fahrzeug und hastete den Männern hinterher. Durch die gläserne Eingangstür konnte er erkennen, dass die beiden vom Winzer begrüßt wurden. Anschließend verschwanden die Männer gemeinsam in einem der Hinterzimmer.

„Ärgerlich, ich muss doch wissen, was da passiert", dachte Kowalski.

Durch einen schmalen Gang gelangte er in den Hinterhof des Hauses. Neben Abfalltonnen, Kisten und Fässern wurde der Platz als Lagerort unterschiedlichster Gegenstände genutzt. Hier hoffte der Pensionär ein Fenster zu finden, das die richtigen Einblicke ermöglichte. Er stolperte über eine Kiste und wäre fast zu Boden gegangen. Diese Aktion war nicht lautlos abgelaufen.

„Stop it", rief eine Männerstimme hinter ihm.

Kowalski versuchte die Ruhe zu bewahren. Langsam griff er in die Innentasche seiner Jacke. Irgendwo muss es doch sein. Der Pensionär hatte ein höchst amtlich wirkendes Schreiben dabei, das sogar das Siegel des örtlichen Polizeikommandeurs trug. Eigentlich war es als Unterstützung seiner ehrenamtlichen Aufklärungsarbeit bei deutschen Rentnern und Touristen gedacht, doch jetzt könnte es vielleicht bei seinem Einsatz nützlich sein. Zu spät. Er spürte nur noch einen harten Schlag auf seinen Hinterkopf. Danach konnte er sich nicht mehr auf seinen Beinen halten und sackte zusammen.

Kowalski spürte starke Kopfschmerzen. Er blinzelte in das Licht einer Glühbirne. Um ihn herum glänzten Edelstahltanks. Direkt über seinem Kopf hingen große Würste und Schinken.
„Bin ich hier im Paradies", krächzte Kowalski.
Jetzt erkannte er das Gesicht des deutschen Jungwinzers Ben Weiler über ihm.
„Wir dachten, Sie seien ein Einbrecher. Beim Griff in die Tasche haben wir gedacht, dass Sie eine Waffe ziehen wollten. Da hat Alessandro zugeschlagen. Sorry, erst zu spät haben wir unseren Fehler bemerkt", versuchte der junge Mann die Tat zu entschuldigen.
Eine junge Frau, die er kurz mit „Meine Freundin" vorstellte, kühlte mit Crash-Eis die Stirn des Opfers. „Möchten Sie etwas trinken?", fragte die junge Frau.
Kowalski nickte stumm.
Daraufhin wurde ihm ein gut gefülltes Wasserglas gereicht.
„Um Gottes Willen, kein pures Wasser. Es soll doch helfen", lehnte Kowalski, dessen Lebensgeister offensichtlich zurückgekehrt waren, dieses Angebot ab.

„Wein?", die Nachbesserung des Angebots half. Zwei Gläser Wein und Kowalski war schon fast wieder der alte.

„Ein bisschen Wein lässt Sie vielleicht ihre Schmerzen besser ertragen."

Kowalski nickte.

Ben Weiler hatte gemeinsam mit der jungen Frau zwei Holzkisten mit Weinflaschen, Wurst und Schinken gefüllt und ein großes Brot daraufgelegt.

„Jetzt geht's mir schon gleich viel besser", bemerkte Kowalski beim Anblick der Leckereien.

„Wir haben uns heute hier mit zwei Umweltaktivisten getroffen, die uns beim Schutz der alten Weinberge unterstützen. Diese Arbeit ist nicht ganz ungefährlich. Es gibt einige skrupellose Menschen, die durch den Massentourismus reich wurden, denen ist die Natur völlig egal", erklärte Weiler den Grund des Treffens in der Bodega.

Kowalski kehrte mit leichtem Brummschädel und vollem Kofferraum nach Port de Soller zurück.

Abendspaziergang mit Folgen

Die Kopfschmerzen waren weitestgehend abgeklungen. An seinem Hinterkopf hatte er eine große Beule ertastet. Beim Blick in den Spiegel hatte Kowalski festgestellt, dass er vermutlich beim Fallen mit dem Gesicht die Hauswand touchiert hatte. Eine leichte Schwellung und eine bläuliche

Verfärbung hatte er als Folge davongetragen. Nun verspürte er ein Hungergefühl. Eigentlich hätte er die Wohnung nicht verlassen müssen, denn er hatte ja als eine Art Schmerzensgeld neben Wein, auch Brot und Wurst erhalten. Doch manche Gewohnheiten musste der Pensionär zwanghaft einhalten. Dazu gehörte auch, täglich in der Mittagszeit eine warme Speise einzunehmen. Aus diesem Grund lief er wieder einmal um die Bucht, um am Hafen eine Mahlzeit mit fangfrischem Fisch zu genießen. Nach dem obligatorischen Cafe solo schaute er auf seine Armbanduhr. Es war spät geworden. Er zahlte und trat den Rückweg an. In seiner Nähe huschte eine Person mit Baseballkappe durch die Gassen. Kowalski verließ seinen geplanten Weg, um die Verfolgung aufzunehmen. Es waren nur wenige Meter, da sah er die Person im Schein einer Straßenlaterne, wie sie sich an der Eingangstür zum Immobilienbüro Sprengel und Volkel zu schaffen machte. Kowalski meldete den Vorfall umgehend telefonisch der Polizei.

Anschließend schlich er sich vorsichtig an das Ladenlokal heran. Das Innere war ziemlich dunkel, nur an einer Stelle war der Schein einer Taschenlampe zu sehen. Der Einbrecher durchsuchte Schränke und Schubläden. Da die Polizeikräfte noch nicht vor Ort waren, schritt der Pensionär selbst zur Tat. Mit der Taschenlampe in der Hand, die er immer in seiner Jackentasche trug, stürmte er in das Büro.

„Police, here is the right Hand of the Police", brüllte Kowalski so laut er konnte.

Dies zeigte Wirkung. Der Einbrecher ließ vor Schreck seine Taschenlampe fallen und drehte sich langsam mit erhobenen Händen um.

„Volkel, Sie hätte ich hier nicht erwartet. Da brechen Sie in das eigene Geschäft ein?"

In der Zwischenzeit war die Polizei eingetroffen. Zur Zeugenaussage begleitete er die Polizei und den Verdächtigen auf die Wache. Dort traf Kowalski auch den örtlichen Polizeichef.

„Oh, Ede, was ist passiert? Der Volkel hat Sie aber übel zugerichtet", bemerkte der Polizist beim Anblick des deutschen Pensionärs.

„Nein, nein, das war nicht der Volkel. Das ist eine ganz andere Geschichte."

Obwohl der Polizeichef auf weitere Erklärungen des Pensionärs wartete, blieb dieser stumm.

Anfangs schien es sehr dubios, dass der Geschäftspartner ins eigene Immobilienbüro eingebrochen war. Doch nach dem polizeilichen Verhör des Einbrechers, wurde einiges klarer, was aber Volkels Lage nicht unbedingt verbesserte. Volkel gab an, Unterlagen im Immobilienbüro gesucht zu haben. Da das Türschloss von seinem Geschäftspartner ausgetauscht worden war, hatte er sich genötigt gefühlt, sich mit Gewalt Zutritt in die Geschäftsräume zu verschaffen. Schon seit längerer Zeit habe es Streit zwischen den beiden Geschäftspartnern Sprengel und Volkel gegeben. Sprengel wollte seinen Sohn zum gleich berechtigten Partner aufsteigen lassen. Volkel hatte sich geweigert. Deshalb hatte Sprengel Senior angeboten, ihn sofort auszuzahlen und damit das geschäftliche Verhältnis zu beenden. Einen lächerlichen Betrag habe er ihm genannt. Volkel fühlte sich ausgebootet und vom Sprengelclan über den Tisch gezogen. Wahrscheinlich, so die Vermutung von Volkel, hatte sein Geschäftspartner die Trennung schon seit längerer Zeit vorbereitet und Gelder aus dem gemeinsamen Unternehmen abgezweigt. Sprengel selbst brauchte immer mehr Geld. Die Scheidung hatte sein privates Vermögen erheblich geschmälert. Auch der neuen, jungen Ehefrau musste einiges an Luxus geboten werden. Sprengels Sohn, bisher als einfacher angestellter Immobilienmakler im Geschäft, lebte auch auf sehr großem Fuß. Damit Volkel seine vermutete Unterschlagung gerichtsfest machen konnte, habe er eindeutige Belege gebraucht, die er im Büro finden wollte. Für die Polizei stand nach der Befragung fest, Volkel hatte ein starkes Motiv. Der Mord an Sprengel hatte einen ungeliebten Geschäftspartner beseitigt. Als Alibi hatte der Verdächtige angegeben, sich zur Tatzeit in Fornalutx in einer leerstehenden Immobilie mit einem amerikanischen Kaufinteressenten getroffen zu haben. Da die angegebene Person nicht erreichbar war, stand das Alibi bislang auf sehr wackligen Füßen. Volkel wurde in polizeiliches Gewahrsam genommen.

Ede Kowalski konnte der Polizei einige Informationen zur verdächtigen Person liefern, die nicht unbedingt zu seiner Entlastung beitrugen. Dirk Volkel war in den 90igern als junger Mann aus Deutschland auf die Insel gekommen. Der Schreiner hatte nicht viel im Gepäck, nur den unbändigen Wunsch es bis ganz nach oben zu schaffen. Die Kontakte zu den deutschen Einwohnern der Insel verhalfen ihm zu ersten Aufträgen. Er war sich für keinen Auftrag zu schade. Angefangen hatte er damit, in den Villen und Fincas der Reichen die Pools zu reinigen, dann hat er Hausmeistertätigkeiten übernommen und kleinere Reparaturen ausgeführt. Schon bald waren einige klapprigen Kastenwagen mit seinem Logo auf der Insel unterwegs. Da er stets zuverlässig war, hatte sein Unternehmen schon bald einen guten Namen in der Welt der Villenbesitzer. Insbesondere das deutsche Netzwerk sorgte für volle Auftragsbücher. Volkel wusste immer, wo ein Besitzer verstorben war oder ob irgendwo ein Objekt veräußert werden sollte. Dieses Wissen war für den Immobilienmakler Sprengel Senior Geld wert. Aus diesem Grund machte er Volkel zu seinem Partner. Dirk Volkel hatte seinen Weg gemacht. Er hatte sein kleines Unternehmen und seine Kontakte eingebracht. Der renommierteste Immobilienmakler der Insel hieß von diesem Zeitpunkt Sprengel und Volkel. Hinter vorgehaltener Hand erzählte man in den Kreisen der deutschen Bewohner, dass es zwischen den beiden Geschäftspartnern wohl immer Unstimmigkeiten gab. Volkel hatte, wenn er ein paar Gläschen Wein zu viel getrunken hatte, offen seinen Unmut darüber verbreitet, dass der Senior ihn immer verächtlich als „Hausmeister" titulieren würde. Weiteres Konfliktpotenzial bildete die Rolle von Sprengels Sohn im Unternehmen. Seit Monaten wurde gespottet, dass zwei Luxusfrauen selbst einen Millionär wie Sprengel in den Abgrund stürzen könnten. Und dann wurde Sprengel Opfer eines Mordanschlags. Für die Polizei war Volkel eindeutig der Hauptverdächtige.

Sprengels Sohn konnte schnell aus dem Kreis der Tatverdächtigen ausgeschlossen werden. Er konnte ein lupenreines Alibi vorweisen. Die junge Witwe des Opfers war nicht auffindbar. Sie schien seit der Tat vom Erdboden verschluckt zu sein. Aber auch in dieser Angelegenheit konnte Ede der örtlichen Polizei mit Neuigkeiten aus der Community weiterhelfen. Denn in diesen Kreisen war schon längere Zeit bekannt, dass Svetlana Sprengel nicht nur Ehefrau war, sondern auch die Geliebte von Mike Mai.

In seinem kleinen Landhaus trafen die Beamten die Witwe und den Fitnesstrainer in eindeutiger Situation an. Beide Personen wurden umgehend auf das Polizeirevier verbracht. Gegenseitig gab sich das Liebespaar ein Alibi für die Tatzeit. Sie erklärten den ganzen Tag gemeinsam in Mais Landhaus gewesen zu sein. Bei einer Hausdurchsuchung wurden dort K.o.-Tropfen gefunden. Zu diesem Fund wollte Mai keine Erklärung abgeben. Da an den Händen beider Personen und auch an ihren sichergestellten Kleidungsstücken keine Schmauchspuren festgestellt werden konnten, wurden sie nach dem Verhör wieder in die Freiheit entlassen.

An diesem Abend war Ede Kowalski in seinem Appartement über der Bucht zufrieden eingeschlafen. Denn der Pensionär war überzeugt, den Mord an Sprengel aufgeklärt zu haben, zumindest hatte er wesentlich zur Lösung beigetragen. Denn es war allein Kowalski, der Volkel auf frischer Tat beim Einbruch in das Maklerbüro erwischt hatte. Seinen Schlummertrunk hatte der Pensionär in seinem Lieblingsrestaurant „Es schmeckt" eingenommen. Dort hatte Kowalski die deutschen Unternehmerinnen Häkel-Emma und Strick-Liesel getroffen. Den beiden Frauen hatte er von dem Ergebnis der Hausdurchsuchung berichtet, dass bei Mike May K.o.-Tropfen gefunden worden waren. Diese Information schürte bei den beiden Frauen heftige Emotionen.
„Dieses Schwein! Das war der Grund für die Erinnerungslücken am nächsten Morgen", reagierte Lisa ziemlich laut.

„Hatte er die Frauen für Sex gefügig gemacht?",
wollte Kowalski genau wissen.

„Quatsch, wir alle wollten doch mit ihm im Bett
landen", antwortete Emma. „Aber es ist ja nichts
passiert. Nur ein Brummschädel blieb als Erinne-
rung an die Nacht am nächsten Morgen zurück.
Mike war verschwunden und mein Geld auch. Der
hat in aller Ruhe die Bude durchsucht, das
Schwein!"

Lisa wollte sich nicht beruhigen. Die beiden
Frauen hatten sich dazu entschlossen, bei der Polizei Anzeige gegen Mai zu stellen. Gleichzeitig in-
formierten die beiden über ihre sozialen Kontakte
die Frauen der Insel.

Ede Kowalski hatte sich auf den Nachhauseweg
begeben.

Kowalski war gerade eingeschlafen, da klingelte
sein Telefon. Als er das Geräusch der realen Welt
zuordnen konnte, war der Ton bereits verstummt.
Er schaute auf das Display seines Handys.

„Was will der denn um diese Uhrzeit?", dachte
Kowalski. Der Polizeichef Juan Duarte hatte versucht, ihn zu erreichen. Kowalski rief umgehend
zurück. Die Neugier hätte ihn sowieso nicht mehr
schlafen lassen.

„Der Wurstprinz ist tot", lautete die kurze Information.

„Schon wieder?", entgegnete der Pensionär noch
im Halbschlaf.

„Diesmal handelt es sich bei der Leiche aber wirklich um den Willi Prinz", lautete die Antwort.

Strick-Liesel hatte den Wurstprinzen leblos auf seinem Boot gefunden.

Dieses Mal nahm der Pensionär für den Weg auf die andere Seite der Bucht das Auto. Am Yachthafen blinkten rote und blaue Lichter.

„Da brennt ja Licht bei Lisa und Emma", bemerkte Kowalski auf Höhe der Bahnstation. Er parkte sein Auto direkt vor dem kleinen Modelädchen. Vielleicht würde er dort Lisa, die das Opfer gefunden hatte, antreffen.

Mit verheultem Gesicht saß die Frau auf einem Holzstuhl zwischen ihren bunten Häkel- und Strickbadeanzügen. Kowalski nahm einen Stuhl und setzte sich direkt daneben.

Langsam begann die Frau über den Abend zu reden.

„Im ‚Es schmeckt' hatte ich dich mit Emma getroffen. Was ist danach passiert?", wollte Kowalski erfahren.

„Wir haben kurze Zeit nach dem du gegangen warst, bezahlt und den Heimweg angetreten. Emma habe ich noch bis zu ihrem Auto gebracht. Anschließend bin ich dann zu Fuß in Richtung Hafen gelaufen", erklärte Lisa.

„Du bist dann nach Hause gegangen", ergänzte der Pensionär.

„Nein, ich bin zu Willi Prinz auf die Yacht gegangen. Ich wollte mich dort mit ihm treffen. Damit du nicht fragen musst: Ja, ich war die Geliebte von Willi Prinz. Mehrmals die Woche haben wir uns nachts auf seinem Boot getroffen. Eigentlich wollte ich das nicht mehr, aber ich brauchte sein Geld."

Kowalski schaute sich im Laden um.

„Strick is nich mehr schick?", bemerkte Kowalski.

„Das Geschäft läuft nicht mehr so gut", seufzte Lisa laut.

„Was passierte heute Nacht genau?", wollte Kowalski wissen.

„Kurz nach Mitternacht bin ich an Bord und dann direkt in die Lounge gegangen. Willi lag regungslos in der Sitzgruppe. Ich dachte, er würde schlafen. Ich habe laut gerufen. Dann habe ich ihn hin und her geschüttelt. Es kam aber keine menschliche Regung. Ich habe sofort die Ambulanz und die Polizei angerufen." Lisa rang mit ihrer Fassung.

„Warum die Polizei?", fragte Kowalski.

„Ich glaube, dass Willi von seiner Frau vergiftet worden ist. Vor drei Monaten hat mich seine Frau gesehen, wie ich früh morgens von Bord der Yacht gegangen bin."

„Hat Sabine Prinz dich zur Rede gestellt?"

„Nein, nichts hat sie gesagt. Sie ist einfach stumm verschwunden. Auch bei ihrem Mann hat sie darüber nie ein Wort verloren. Aber seit dieser Zeit fühlte Willi sich jeden Tag schlapper. Richtig antriebslos ist er geworden. Seine Frau benahm sich merkwürdig. Willi konnte es gar nicht genau beschreiben, hatte aber das Gefühl, dass seine Frau ihn vergiften würde."

„Deshalb hast du auch die Polizei angerufen und den Verdacht geäußert."

„Genau, damit sie vor Ort alle Spuren sichern."

Nach diesem Gespräch fuhr Kowalski noch ein Stück weiter zum Tatort. Auf der Yacht des Opfers war die Spurensicherung noch im Einsatz. Die Beamten hatten aber ihre Untersuchungen in der Lounge bereits abgeschlossen. Der Leichnam war schon abtransportiert worden. Neben der Sitzgruppe stand der Polizeichef und schien jedes Detail an dem Tatort abzuscannen.

„Guten Morgen, gibt es Anzeichen für ein Gewaltverbrechen?", wollte Kowalski wissen.

„Wir haben lediglich den von Lisa Feld geäußerten Verdacht. Sie hatte Willi Prinz kurz nach Mitternacht leblos auf seiner Yacht gefunden und uns benachrichtigt. Der Notarzt konnte nur noch seinen Tod feststellen, Verdacht auf Herzversagen. Auch hier am Fundort konnte ich keine Auffälligkeiten finden. Nach der Obduktion werden wir hoffentlich schlauer sein", fasste Duarte den Stand der Ermittlungen zusammen.

„Ich habe gerade mit Lisa gesprochen. Sie hatte ein Verhältnis mit dem Toten und Frau Prinz wusste davon", gab Kowalski an.

„Ich habe die Todesnachricht persönlich überbracht. Die Witwe erschien mir erstaunlich gefasst. Sie hatte sofort ohne Nachfrage auf die gesundheitlichen Probleme ihres Mannes hingewiesen. Es sei die Quittung für seinen Lebenswandel, die Bestrafung dafür, dass er trotz seines starken Diabetes nicht auf Alkohol und Rauchen verzichten konnte."

„Ja, der Willi war bekanntermaßen ein Freund von gutem Whisky und dicken Zigarren. Für ihn war es ein allabendliches Ritual, ein Glas mit Hochprozentigem und dazu kubanischer Tabak."

Auf dem Tisch vor der Sitzgruppe standen eine Flasche und daneben ein Glas. Duarte studierte das Etikett der Flasche genau.

„Oh, der war sicherlich nicht für seine Gäste bestimmt. Ein ganz edles Tröpfchen. So eine Flasche kostet schon mehrere tausend Euro. Das ist wirklich eine Versuchung, davon zu kosten."

„Davon kann ich nur abraten, nicht nur weil ich Wein bevorzuge", bemerkte Kowalski. „Da bei dem hohen Preis anzunehmen ist, dass Willi Prinz nur allein diesen Whisky trinkt, ist dieser Tropfen ein idealer Trojaner für einen Giftanschlag."

Duarte ließ die Flasche, das Trinkglas, die Zigarrensammlung des Opfers und weitere persönliche Gegenstände zur genauen Untersuchung ins kriminaltechnische Labor bringen. Die verdächtigen Frauen, Ehefrau und Geliebte hatte der Polizeichef für den nächsten Tag zur Befragung vorgeladen.

Früh am nächsten Morgen meldete sich wiedermal Kowalskis Handy.

„Haloperidol", meldete sich Duarte.

„Hallo, Juan. Sind Sie aus dem Bett gefallen? Haben Sie einen neuen Spitznamen für mich? Weiß gar nicht, was Peridol bedeuten soll", grübelte der Ex-Polizist laut.

„Nein, wir haben das Laborergebnis. Unsere Leute haben eine Nachtschicht eingelegt. Der Whisky war mit Haloperidol versetzt worden", erklärte Duarte.

„K.o.-Mittel?", wollte Kowalski wissen.

„Ja, ist als Betonspritze bekannt. Das Zeug wurde in der Psychiatrie und im Strafvollzug eingesetzt, um die schweren Fälle ruhig zu stellen. Die Kriminellen haben das Zeug dann schnell für ihre Kreise entdeckt. Ist übrigens identisch mit dem Präparat, was wir beim schönen Mai gefunden haben."

„Der Mai ist gekommen", spottete Kowalski.

„Bitte? Ich verstehe Sie nicht." Duarte klang genervt.

„Zwischen der Knödelfee und Mai, da lief bestimmt was", vermutete Kowalski.

„Nun gut, Frau Prinz werde ich ja gleich befragen. Danach werden wir schlauer sein." Mit diesen Worten beendete er das Gespräch.

Wenig später schon traf per SMS beim deutschen Pensionär die Information ein, dass im Körper des Toten eine hohe Dosis Insulin, Alkohol und die Substanzen dieser Betonspritze festgestellt worden

144

waren. Zeitgleich wurden bei den beiden Haupt-verdächtigen Strick-Liesel und der Knödelfee Durchsuchungen in Wohn- und Geschäftsräumen durchgeführt.

Die Neugier hatte Kowalski in die Polizeistation getrieben. Das Gespräch mit Lisa Feld war bereits beendet und hatte keine neuen Informationen ge-bracht. Die Witwe saß noch beim Verhör. In einem Nebenraum konnte der Deutsche das Gespräch mitverfolgen.
Duarte hatte ein kleines Fläschchen auf den Tisch gestellt.
„Das haben wir bei Ihnen Zuhause im Schrank ge-funden. Können Sie mir sagen, was da drin ist?"
Die Befragte schwieg.
„Nein? Aber ich, Haloperidol. Damit haben Sie Ih-ren Mann umgebracht!" Seine Stimme klang sehr energiegeladen. „Schweigen und Leugnen ist jetzt zwecklos, Frau Prinz. Wir wissen alles."

Nur wenige Sekunden später legte Frau Prinz ein umfassendes Geständnis ab. Sie gab an, die K.o.-Tropfen vom Surflehrer Mai erhalten zu haben. Sie sei mal bei Mike Mai richtig versackt. Nach einer kleinen Feier hatte er sie abgeschleppt. Wahr-scheinlich wurde sie sein Opfer, weil allgemein bekannt war, dass sie immer viel Bargeld bei sich trug. Am nächsten Morgen hatte sie die Erinne-rung und ihr Bargeld verloren. Sie habe sich anschließend von einer befreundeten Ärztin untersuchten lassen. Sie habe Mai nicht bei der Polizei angezeigt, weil sie sich dann dem Spott der gesamten Inselbevölkerung preisgegeben hätte. Aber die Herausgabe der K.o.-Tropfen habe sie von ihm verlangt. Damit wollte sie ihren Mann quälen, genau wie er sie mit seinen Affären leiden ließ.

„Willi setzte seine Demütigungen ohne jede Rücksichtnahme fort. Er trat immer wieder meine Gefühle mit Füßen und lachte hämisch, wenn ich am Boden lag. Mit Lisa machte er einfach so weiter wie bisher, obwohl ich beide erwischt hatte. Da habe ich die Dosis in seinem Whisky drastisch erhöht. Willy hatte nicht viel davon getrunken, da war er bereits eingenickt. Ich habe ihm noch Insulin gespritzt, sicher ist sicher, und dann bin ich von Bord gegangen", gestand Frau Prinz und schien erleichtert, von ihrem Geheimnis befreit worden zu sein.

Kurz danach wurde die Verdächtige bereits dem Haftrichter vorgeführt.

Mai wurde in polizeiliches Gewahrsam genommen. Er gab zu Protokoll, mit dem Mord an Willi Prinz nicht zu tun zu haben. Frau Prinz habe ihn erpresst, deshalb habe er ihr, wie von ihr gewünscht, die K.o.-Tropfen ausgehändigt. Es blieben jedoch noch einige andere Straftaten, die ihm zur Last gelegt wurden und ihn für einige Jahre hinter Gittern bringen würden.

So war die deutsche Gemeinde in Soller in kurzer Zeit ziemlich geschrumpft. Wurstprinz und Immobilien-Sprengel waren Mordanschlägen zum Opfer gefallen. Drei Täter aus dem Kreis würden offenbar für längere Zeit aus dem Verkehr gezogen werden. Beide Morde und Mais kriminelle Handlungen schienen aufgeklärt. Eigentlich hätte in die deutsche Community wieder Ruhe einkehren können. Doch dann meldete sich der Amerikanische Kaufinteressent. Er war von einem längeren Segeltörn zurückgekehrt und verschaffte Volkel ein Alibi.

Wer hatte Sprengel umgebracht?

Kowalski überlegte. War das erste Opfer nur ein Versehen. Alle waren kostümiert. War die Frau vom Wurstprinzen als männlicher Pirat unterwegs gewesen? Zu der Tatzeit war ein großer Menschenauflauf im Piratennest.

Kowalski wiederholte die Befragung der damals vor Ort anwesenden Frauen. Niemand wollte eindeutig bestätigen, dass Frau Prinz wirklich die gesamte Zeit dort im Piratennest war. Eine Vermutung konnte jedoch bestätigt werden. Die Knödelfee war als männlicher Pirat verkleidet gewesen.

Kowalski besuchte Mai im Gefängnis. Der Befragte gab zu, dass die Knödelfee auch einen alten Vorderlader von ihm erpresst habe. Noch einmal hatte die Polizei das gesamte Prinz-Anwesen und die Yacht auf den Kopf gestellt. Auf ihrem neuen großen Grundstück an der Weinstraße wurde die Polizei fündig. Am Rande eines Orangenhains entdeckten die Einsatzkräfte ein altes Ölfass, in dem Gartenabfälle verbrannt worden waren. Nach genauerer Untersuchung konnten aus der Asche Reste der Kostümierung und Teile einer Pistole sichergestellt werden. Diese Beweisstücke hatten weder durch mechanische Gewaltanwendung noch durch das Feuer zerstört werden können. Niemand auf der Insel hätte Sabine Prinz diese Kaltblütigkeit zugetraut. Manche verspürten regelrecht einen Kloß im Hals beim Gedanken an die beiden Morde.

Bei besonderen Anlässen gönnte sich Kowalski den Genuss eines grandiosen Vier-Gänge-Menüs im Restaurant „Es schmeckt". Und dies war ein ganz besonderer Anlass. Die Morde waren endgültig aufgeklärt. Das musste gebührend gefeiert werden. Kowalski hatte sich seinen Lieblingstisch auf der Promenade direkt am Strand reservieren lassen. Von hier aus konnte er beim Essen den Blick über die Bucht schweifen lassen.

„Nora, bring mir bitte zur Feier des Tages ein Fläschchen von Peres leckeren Weißen und eine Flasche Wasser."

„Den Prensal Blanc? Wahrscheinlich der letzte Jahrgang", bemerkte sie ein wenig betrübt.

„Meine Flasche Wasser musss ich nicht spenden."

Nora schaute den pensionierten Polizisten aus Deutschland fragend an.

„Die alten Reben kriegen genug Wasser, auch in den nächsten Jahren. Dafür ist gesorgt. Die Baupläne sind vom Tisch. Der neue Golfplatz und die Riesenfinca werden nicht mehr gebaut. Die Prinz-Erben haben den Winzern umfassende Wasserrechte zugesichert. Auch das Problem ist gelöst. Einen besseren Grund, heute leckeren Insel-Wein zu genießen, kann es wohl kaum geben."

Verzeichnis der handelnden Personen

- Ede Kowalski
  Pensionierter Polizist aus dem Sauerland, der aufgrund einer Erbschaft nach Port de Soller (Mallorca) umsiedelt

- Juan Duarte
  Örtlicher Polizeichef in Soller

- Willi Prinz
  allgemein „Wurstprinz" genannt, der fränkische Metzger begann seine wirtschaftliche Tätigkeit auf der Insel mit einer kleinen Bratwurstbude und wurde zum Millionär

- Sabine Prinz
  Ehefrau von Willi Prinz, genannt „die Knödelfee", betreibt ein Bayrisches Restaurant in Palma in der Schinkenstraße

- Josef Sprengel
  Größter Immobilienmakler auf Mallorca

- Julia Sprengel
  geschiedene Ehefrau von Josef Sprengel, Mutter von Mark Sprengel

- Mark Sprengel
  Sohn von Julia und Josef Sprengel

- Svetlana Sprengel
  Neue Ehefrau von Josef Sprengel

- Dirk Volkel
  Gelernter Schreiner, hat auf Mallorca mit einem Hausmeisterservice begonnen und wurde der Geschäftspartner von Josef Sprengel

- Tom und Nora Grünfeld
  Inhaber des Restaurants „Es schmeckt" in Port de Soller

- Pere Puntiro
  Winzer in Santa Maria del Cami

- Ben Weiler
  Deutscher Jungwinzer, der bei Pere
  Puntiro arbeitet

- Emma Will und Lisa Feld
  betreiben gemeinsam in Port de Soller einen kleinen Modeladen

- Michael Hintermair
  bekannt als Mike Mai, Surflehrer und Personaltrainer

Madeira

Astrid Kallweit

Mädels-Tour
(Tatort: Madeira / Portugal)

Die Sonne brannte unbarmherzig auf meiner Haut.
Der Schweiß tropfte mir von der Stirn. Mein Puls
raste. Ich lief so schnell ich konnte. Ich lief um
mein Leben. Meine Beine waren schwer wie Blei.
Ich war viel zu langsam. Ich traute mich nicht,
mich umzudrehen. Er würde mich bald einholen.
Sein muskulöser Körper war durch und durch trai-
niert. Ihm konnte ich nicht entkommen. Mein Verfolger würde mich töten, dieser große Mann mit
den dunklen Haaren und den stechenden blauen
Augen. Sie waren so blau wie das Meer. Seine

gleichmäßigen Gesichtszüge waren durch eine große Narbe auf der rechten Wange zerschnitten. Als ich ihm das erste Mal begegnete, war ich fasziniert. Ich konnte meinen Blick nicht von ihm abwenden. Ich hörte schnelle Schritte hinter mir. Er kam näher. Der Weg war sehr schmal. Rechts fiel die Felswand steil ab. Ich lief um eine Kurve und sah direkt vor mir den Tunnel. Mein Magen krampfte sich vor Angst zusammen. Ich lief weiter. Die Dunkelheit nahm mich auf. In weiter Ferne war ein kleines Licht zu sehen. Ich versuchte, gerade darauf zuzulaufen. Es war so finster. Ich lief und lief. Der Tunnel schien kein Ende zu nehmen. Seine Schritte kamen immer näher. Mein Fuß stieß gegen etwas Hartes. Ich stolperte. Ich konnte das Gleichgewicht nicht halten. Ich fiel, fiel, fiel …

Ich schlug die Augen auf. Mein Atem ging schnell. Ich lag durchgeschwitzt in meinem Bett. Es war immer derselbe Traum, jede Nacht derselbe Traum. Es ließ mich einfach nicht los. Ich dachte an den Moment, als ich ihm das erste Mal begegnet war. Wer hätte voraussagen können, was passieren würde?
Eigentlich wollte ich mit meinen Mädels nur Urlaub machen, Sonne, Berge und Meer genießen. Doch es kam ganz anders als erwartet. Schon die Ankunft in unserem Urlaubsquartier war spektakulär.

Die schmale kurvenreiche Straße forderte meine volle Aufmerksamkeit.

„Hoffentlich kommt uns niemand entgegen", stöhnte ich innerlich. Ich war froh, dass ich mich damit durchgesetzt hatte, einen möglichst kleinen Mietwagen zu buchen. Meine chaotische Freundin Trixi hatte sich ein schickes BMW-Cabriolet ausgesucht und einen Schmollmund gezogen, als es stattdessen der rote Fiesta wurde. Wir fuhren durch ein Dorf mit niedrigen, aneinandergeschmiegten Häuschen. Die Kurven schlängelten sich immer enger und die kleine Straße wurde merklich steiler. Ich schaltete in den zweiten Gang zurück. Schweißperlen erschienen auf meiner Stirn.

„Na, hast du eine Hitzewelle?", feixte Trixi, die auf dem Beifahrersitz saß.

„Wir können auch gerne die Plätze tauschen."

„Schon gut, die Strecke ist ja auch wirklich herausfordernd."

„Da vorne steht ein Schild. Da musst du abbiegen." Lara hatte vom Rücksitz aus die Übersicht behalten und das kleine Schild „Casa Vista Mar" an der Hauswand vor uns gesehen.

Ich setzte den Blinker und fuhr nach rechts. Vor mir erschien zwischen kleinen Häusern eine schmale, geteerte Piste. Ich hatte das Gefühl, dass sie fast senkrecht abfiel. Zu allem Überfluss plätscherte ohne Sicherung an der Seite des Sträßchens munter eine Levada ins Tal.

„Seid ihr sicher, dass wir hier richtig sind?"

Meine beiden Freundinnen waren sich sicher, also fuhr ich im Schritttempo die Piste hinunter. Es wurde zwischen den kleinen Häuschen auf der linken Seite und der Levada auf der rechten Seite immer enger.

„Mädels, wenn wir falsch sind, kommen wir hier nie wieder weg."

Trixi opferte sich. Sie stieg aus und erkundete den Weg zunächst zu Fuß. Nach ein paar Minuten tauchte ihr krauser Blondschopf wieder auf. Munter winkend signalisierte sie uns, weiterzufahren. Zögernd folgte ich der Aufforderung meiner Freundin. Man konnte sich bei Trixi nie sicher sein, in welche Situation sie einen als nächstes bringen würde. Bei unserem Blondschopf mussten kleine Katastrophen immer einkalkuliert werden, deshalb nannten wir sie auch liebevoll Chaos-Trixi.

Tatsächlich tauchten etwas weiter unten die fünf kleinen Häuser auf, die an Touristen vermietet werden. Ein enger gepflasterter Platz war für unseren Fiesta vorgesehen. „Uff, geschafft." Ich stellte erleichtert den Motor ab. Unser Urlaub auf Madeira konnte beginnen.

Den Schlüssel für das kleine Häuschen fanden wir wie verabredet hinter einem Blumenkübel. Unser Quartier war einfach eingerichtet. Eine schmale Holztreppe führte auf ein Podest im Giebel des Hauses. Dort gab es ein Bett und einen Schrank. Unten befanden sich ein kleines Wohnzimmer mit angrenzender Küche, ein weiteres Schlafzimmer und das Bad. Lara schaute sich um und übernahm wie immer sofort die Organisation. „Ich schlage vor, dass ich mir mit Filippa das Schlafzimmer teile. Trixi, du schläfst oben. Da kannst du so laut schnarchen, wie du willst."

Ich sah Trixis empörten Blick und grinste.

„Was soll das denn heißen?", polterte sie los.

„Wir wissen doch, dass du ein alter Schnarchbär bist."

„Da müsst ihr euch täuschen. Ladies wie ich schnarchen nicht." Trixi versuchte beleidigt zu gucken.

„Wie auch immer. Du schläfst oben!", antwortete Lara bestimmt.

Trixi gab sich geschlagen und zog mühevoll ihren schweren Koffer die schmale Holztreppe hinauf.

Ich begann an Laras Entscheidung zu zweifeln. Hoffentlich würde Chaos-Trixi sich auf der steilen Stiege nicht eines Nachts den Hals brechen.

Wir Mädels waren auf „Reblaustour". Jedes Jahr fuhren wir gemeinsam für ein verlängertes Wochenende in eine Weingegend. Ursprünglich bestand die Gruppe aus sieben jungen Frauen. Nur wir drei waren übrig geblieben und jung waren wir inzwischen auch nicht mehr wirklich. Die anderen Rebläuse waren im Laufe der Jahre irgendwie verloren gegangen. Susi und Tina haben Familie und sind aus Rücksicht auf Mann und Kinder ausgestiegen. Sonja hatte Kariere gemacht und war nach München gezogen. Irene muss sich um ihre alte Mutter kümmern und bedauerte sehr, nicht dabei sein zu können.

In diesem Jahr machten wir drei die fünfundzwanzigste Reblaustour. Es sollte etwas ganz Besonderes werden: Deshalb Madeira und deshalb eine ganze Woche. Lara war auf die Idee mit der Blumeninsel gekommen. Sie trinkt im Gegensatz zu Trixi und mir auch gern mal liebliche Weine und hoffte, hier auf ihre Kosten zu kommen. Da wir alle drei gerne wandern, war Laras Vorschlag perfekt.

Ich merkte plötzlich, dass ich ziemlich hungrig war. Gut, dass wir auf der Hinfahrt im Supermarkt waren. Es wurde bereits dämmrig und ich verspürte keine Lust mehr, das Auto auf den schmalen Straßen zu bewegen. Die Gaststätten lagen unten am Meer und mussten bis morgen auf uns warten. Ich ging in die Küche und stellte erfreut fest, dass die stets gut organisierte Lara bereits tatkräftig dabei war, Käse, Schinken, Oliven, Brot und andere Kleinigkeiten für uns herzurichten.

„Lara, du bist ein Schatz. Dann kümmere ich mich mal um das Wichtigste", erklärte ich und holte Prosecco aus dem Kühlschrank. „Trixi, kommst du runter?"

Ich hörte ein Poltern auf der Treppe und drehte mich um.

„Haben wir einen Elefanten im Haus?", fragte Lara grinsend.

„Nix passiert", lachte Trixi, die sich gerade noch festhalten konnte und schwankend vor uns zum Stehen kam.

Sie erntete ein lautes Gelächter.

„Ihr seid gemein. Ihr dürft ja unten schlafen."

„Wir schnarchen auch nicht." Die Antwort kam prustend vor Lachen im Chor.

„Dafür redet Filippa aber im Schlaf. Ich kann mich noch gut an unsere letzte Tour erinnern, als wir das Zimmer geteilt haben."

„Oh Gott, was habe ich denn gesagt?"

„Das bleibt mein kleines Geheimnis."

Wir gingen auf die Terrasse, von der man einen atemberaubenden Blick über die ganze Bucht hatte. Lara ließ sich mit einem Glas in der Hand auf einen Stuhl fallen.

„Prost Mädels", seufzte sie glücklich. „Lasst es euch schmecken."

Das ließen wir uns nicht zweimal sagen und griffen beherzt zu.

„Wenn das hier jeden Tag so lecker wird, muss ich mich die nächsten fünf Wochen selbst auf Diät setzen", stöhnte ich.

Lara nickte zustimmend. In Trixis Gesicht sah ich ein verschmitztes Grinsen. Sie konnte essen, soviel sie wollte und abends faul auf der Couch liegen, ohne je ein Gramm zuzunehmen. Ich beneidete sie um ihre tolle Figur.

„Geh mir weg mit Fitnessstudio. Das ist doch voll ungemütlich", war einer ihrer Lieblingssprüche.

„Dann gibt's bei Giovanni eben ab nächster Woche für euch nur noch den Fitness-Teller", feixte Trixi.

Lara, die auch immer um ihre Figur kämpfen musste beugte sich drohend vor.

„Vielen Dank für deine guten Ratschläge. Du kannst dich ja dann aus Solidarität anschließen."

„Mache ich. Aber mein Fitness-Teller ist Currywurst mit Pommes." Trixi lachte triumphierend.

Ich stöhnte innerlich. Das würde ich auch gerne mal ohne Reue essen können.

„Jetzt mal im Ernst, Mädels, wir sehen doch alle noch top aus. Da können andere in unserem Alter wirklich nicht mithalten", verkündete Trixi versöhnlich.

Ich hatte da so meine Zweifel.

„Trixi hat Recht", stimmte Lara zu. „Fünfzig ist doch das neue Vierzig."

„Na, wenn das mal nicht eher Wunschdenken ist", versuchte ich, die zwei auf den Boden der Tatsachen zurückzuholen.

„Was soll's", warf Lara ein. „In unserem Alter zählen doch auch eher die inneren Werte."

Trixi hob das Proseccoglas. „Genau, die Leberwerte. Prost."

„So, Mädels. Wie ist denn nun unser Programm für diese Woche?", wollte Lara nun wissen.

Es war wie immer. Im Gegensatz zu Chaos-Trixi musste Lara für alles genaue Pläne machen.

Deshalb war ich überrascht, als Trixi nun meinte: „Ich habe da mal etwas für euch vorbereitet."

Lara warf mir einen fragenden Blick zu. Ich zuckte mit den Schultern.

„Es gab da im Internet so ein tolles Angebot für ein Ausflugspaket, Schnuppertour Funchal für Genießer. Da habe ich sofort zugeschlagen", erläuterte Trixi.

„Och nö, nicht schon wieder eines deiner tollen super Sonderangebote. Das ist wahrscheinlich so ähnlich wie damals in Ahrweiler die lustige Planwagenfahrt, als wir mit dieser Gruppe betrunkener Rentner durch die Weinberge fahren mussten", stöhnte Lara.

„Ja, oder wie diese Flatrate für Abenteuer im Ruhrgebiet", ergänzte ich. „All inclusive für nur 95 Euro mit Kletterwand und Bungee-Sprung. Das einzige Abenteuer, das wir an dem Tage gewagt haben, war eine Runde auf der Minigolfbahn. Mensch Trixi, dir kann man auch eine Versicherung für ein Fahrrad verkaufen und du vergisst, dass du gar keins hast."

Lara und ich lachten laut.

Trixi schmollte. „Ihr seid gemein. Diesmal ist es etwas ganz anderes. Die Ausflüge sind super."

„Aber wir wollten doch eigentlich ganz viel wandern und Madeirawein trinken", warf Lara ein.

„Dazu haben wir noch genug Zeit. Das Programm findet nur an zwei Tagen statt. Wollt ihr euch jetzt weiter über mich lustig machen oder wollt ihr hören, wohin es geht?"

„Okay, dann schieß mal los."

„Also wir haben morgen und am Dienstag jeweils eine Besichtigungstour. Um zehn Uhr geht's in Funchal los."

Na toll. Ich war wenig begeistert. Das hieß bestimmt, früh aufstehen und mit dem Mietwagen in die Stadt fahren.

„Dort ist zurzeit das Blumenfest, das wirklich sehr schön sein soll. Es gibt eine Stadtführung und dann besichtigen wir Blandy's Wine Lodge mit anschließend ausgiebiger Madeiraprobe."

Ja und ich war die Fahrerin, super.

„Und jetzt kommt das Beste." Trixis Wangen glühten vor Eifer. „Wir werden mit dem Bus in Ponta do Sol abgeholt. Ich habe uns auch schon ein Taxi bestellt, das uns hier abholt und abends so zurückbringt, dass wir nach dem Ausflug noch Zeit haben, im Ort zu essen. Ich habe einen Tisch in einem Fischrestaurant auf der Terrasse mit Meerblick bestellt."

„Wow!", Lara war überzeugt. „Das klingt wunderbar."

Unsere Woche auf Madeira versprach sehr entspannt zu werden. Ich fühlte mich schon am ersten Tag erholt. Doch das sollte sich ändern, nachdem

161

wir ihm begegneten. In Funchal sahen wir ihn zum ersten Mal. Er gehörte zu unserer kleinen Reisegruppe, die aus nur zwölf Teilnehmern bestand. Ich fühlte mich sofort von ihm angezogen. Nicht nur sein durchtrainierter Körper, sondern auch das Gesicht mit der auffälligen Narbe auf der rechten Wange faszinierten mich. Und dann seine Augen, ich hatte noch nie so blaue Augen gesehen. „Wow", raunte ich meinen Freundinnen zu. „Das ist ja mal ein Sahneschnittchen."

„Er hat so ein bisschen was von 007", kicherte Trixi. „Vielleicht ist er Geheimagent."

Lara zeigte ihr einen Vogel. „Mensch Trixi, was soll der denn auf so einer abgelegenen Insel für eine Mission haben? Oder hast du etwas ausgefressen?"

„Nö, aber von dem würde ich mich gerne mal gründlich überprüfen lassen."

„Daraus wird nichts", protestierte ich. „Ich habe ihn zuerst gesehen. Der gehört mir."

„Mädels", Lara sah uns strafend an. „Merkt ihr noch was? Der ist mindestens zwanzig Jahre jünger als ihr. Glaubt ihr, der interessiert sich für zwei alte Schachteln?"

„Ist ja schon gut", murrte ich. „Gucken wird man ja wohl noch dürfen."

Unsere Reiseleiterin war für diesen Tag die sympathische Karen, die uns durch ihre hübsche, gemütliche Heimatstadt Funchal führte. Ich liebe

Markthallen und konnte mich nicht satt sehen an dem Angebot von frischem Obst, Gemüse und Fisch. Der Höhepunkt war das Blumenfest. Für die Funchal Festa da Flor war die ganze Stadt in ein Blütenmeer verwandelt worden. Auf einem Patz boten junge Leute in landestypischen Trachten Folkloretänze dar. Obwohl das alles wahrscheinlich nur für uns Touris angeboten wurde und fast schon ein wenig kitschig war, haben wir es sehr genossen.

Während wir den Tänzern zusahen, stand 007 ganz in meiner Nähe. Ich sah ihn aus dem Augenwinkel an. Er schien ohne Begleitung unterwegs zu sein. Plötzlich meldete sich sein Smartphone. Er stellte sich etwas abseits hinter einen Baum. Ich rückte unauffällig näher und spitzte meine Ohren.

„Dumme Gans", schalt ich mich selbst. „Wieso belauscht du diesen Typen?"

„Ich habe das Geld bald", hörte ich ihn sagen. „Bald…Kann ich noch nicht genau sagen… Ich brauche noch ein wenig Zeit, dann bekomme ich eine größere Summe."

Die Bankerin in mir horchte auf. Ah, diese Typen kannte ich. Die sind immer knapp bei Kasse und versuchen, die Zahlung weiter aufzuschieben. Diese Ausrede hörte ich in meinem Job ständig.

„Ich bekomme bald Geld und zahle alles zurück."

„Dieser Typ ist ja besonders dreist", dachte ich. „Der gönnt sich einen teuren Urlaub auf der Insel und weiß nicht, wie er sein Konto ausgleichen soll. Aber toll sieht er trotzdem aus."

Als krönenden Abschluss ging es in Blandy's Wine Lodge zur Führung durch das Museum und durch den imposanten Weinkeller, in dem über 600 Fässer Madeirawein gelagert werden. Die nette Reiseleiterin Karen erklärte uns alles mit viel Leidenschaft. Der Madeirawein hat in der Regel einen hohen Restzuckergehalt. Er wird in Holzfässern, ähnlich dem Sherry, bei hohen Temperaturen für mindestens drei Jahre gelagert. Anders als beim Sherry, wird der Madeirawein jahrgangsrein abgefüllt, so dass sich die Jahrgänge der einzelnen Weine durchaus unterscheiden können.
Während die Gruppe interessiert zuhörte, war etwas weiter hinten ein Paar intensiv mit sich selbst beschäftigt.
„Unverschämt", raunte ich Lara zu.
„Und peinlich."
Die beiden waren uns schon bei der Stadtführung aufgefallen. Da sie in einem Hotel in der Hauptstadt wohnten waren sie erst in Funchal zur Gruppe gestoßen. Die Frau war groß und schlank und hatte lange, sehr blond gefärbte Haare. Sie wirkte auf den ersten Blick jugendlich, aber bei näherer Betrachtung schätzte ich sie auf mindestens 55 Jahre. Der Mann sah ganz schnuckelig aus und war höchstens Mitte dreißig. Ich hatte zunächst gedacht, er sei ihr Sohn. Aber er sprach sie mit

Linda-Schatz an und konnte die Finger nicht von ihr lassen.

„Der Typ scheint ja noch ein junger Jahrgang zu sein. Nicht zu lange im Holzfass gelagert", feixte Trixi. „Aber die Tussi sieht ein bisschen aus, wie die Oma von Barbie."

„Ich kann da gar nicht hinsehen, wie ihr jugendlicher Macker in aller Öffentlichkeit mit ihr rumknutscht. Ob Barbies Oma den Typ vielleicht vom Escort-Service hat?", fragte ich leise in die Richtung von Trixi und Lara und ergänzte mit albernem Ton: „Wir bieten die perfekte Urlaubsbegleitung für die ältere Dame mit allem drum und dran. Hier das Modell Ken, jung, sportlich, vorzeigbar und sympathisch. Buchen Sie noch heute: All Inklusive für nur fünfhundert Euro am Tag."

„Mensch, Filippa", tadelte mich Lara. „Lästere doch nicht so. Die Frau heißt übrigens nicht Barbie sondern Linda. Du bist doch nur neidisch, dass dein Theo nicht mehr so knackig ist, wie der Ken da drüben und auch nicht in der Öffentlichkeit mit dir rumknutscht."

„Ne, aus dem Alter sind wir wirklich raus."

„Filippa und Theo machen sich lieber im stillen Kämmerlein eine heiße Nacht", kicherte Trixi.

„Wisst ihr was komisch ist?", ergänzte sie nachdenklich. „Ich habe das Gefühl, ich hätte diesen Typ schon mal gesehen. Der kommt mir irgendwie bekannt vor."

Lara schüttelte den Kopf: „Ach Mädels, jetzt hört lieber mal der Karen zu, damit ihr etwas lernt."

Zum guten Schluss gab es eine ausführliche Madeiraweinprobe, bei der wir Rebsorten kennenlernten, von denen wir bisher noch nichts gehört hatten. Wir probierten Sercial, Verdelho, Boal und Malvasia. Mein Favorit war der Sercial, der als trockenster Vertreter als Aperitif oder auch zum Essen getrunken werden kann. Aber auch der halbtrockene Verdelho gefiel mir erstaunlich gut. Während Trixi sich meinem Urteil anschloss, begeisterte sich Lara für den lieblichen Malvasia. Zuerst wurden drei und danach fünf Jahre alte Weine verkostet. Den Unterschied konnte man deutlich schmecken. Wir buchten eine Probe von zehn Jahre alten Weinen hinzu, da sie nicht in unserem Komplettpaket enthalten war. Diese Ausgabe lohnte sich wirklich, denn es war ein echtes Geschmackserlebnis.

Barbies Oma lief leicht schwankend auf uns zu. Sie hatte die Weinprobe scheinbar sehr ausführlich genossen. „Wissen Sie, wo die Toiletten sind?"

„Da drüben", Trixi zeigte nach Links. „Ich begleite sie. Ich wollt auch gerade dort hin."

Nachdem die beiden verschwunden waren, blickte ich mich suchend nach meinem Superagenten um. Ich war überrascht, als ich ihn in einer Ecke, heftig streitend mit Ken, entdeckte. Mir war vorher gar nicht aufgefallen, dass die beiden sich kannten. Als Barbies Oma zurückkam, war 007 plötzlich von der Bildfläche verschwunden. Ich zuckte mit den Schultern. Egal, der war sowieso viel zu jung für mich.

Wir erstanden im Weinshop einige Flaschen Sercial und Malvasia. Bevor wir uns auf den Rückweg machten, fiel mir auf, dass auch Ken kräftig einkaufte, wobei Barbies Oma an der Kasse ihre Kreditkarte zückte.

Das Restaurant, das Trixi uns für den Abend ausgesucht hatte, lag direkt am Strand von Ponta do Sol und hatte reichlich frischen Fisch auf der Speisenkarte.

„So kann es weiter gehen", seufzte Lara als sie abends müde neben mir ins Bett fiel.

„Da bin ich ganz deiner Meinung. Und morgen haben wir frei."

„Quatsch! Für morgen habe ich uns eine schöne Levadawanderung aus dem Wanderführer herausgesucht."

„Oh je, gute Nacht, Lara!"

„Gute Nacht."

Von weit her drang eine Stimme an mein Ohr. „Guten Morgen Filippa."

Damit musste wohl ich gemeint sein. Ich zog mir die Decke über den Kopf.

„Filippa, guten Morgen. Los raus aus den Federn. Die Sonne scheint."

Jemand zog mir die Decke weg. Ich blinzelte.

„Mensch Lara, sei doch nicht so streng. Wie spät ist es denn?"

„Es ist halb Acht." Trixi steckte ihren blonden Lockenkopf durch die Tür. „Das Frühstück ist fast fertig. Los, raus mit dir, damit wir aufbrechen können, bevor es zum Wandern zu heiß wird."

„Schon gut, ich komme ja."

Als ich aus dem Bad kam, saßen meine beiden Freundinnen schon auf der Terrasse. Der Rother Wanderführer lag bedrohlich auf dem Tisch. Ich schenkte mir einen Kaffee ein.

„Ich bin noch sooo müde", gähnte ich. „Das war wohl gestern etwas zu viel Madeirawein. Seid ihr sicher, dass wir heute wandern wollen?"

„Na klar, wir machen die Tour Nummer Sieben, Lombada da Ponta do Sol. Das ist ganz in der Nähe, da müssen wir nicht so weit fahren," erläuterte Lara.

Ich griff nach dem Heft, blätterte die entsprechende Seite auf und begann laut zu lesen: „Schwindelerregender Rundweg durch das reizvolle Tal der Ribeira da Ponta do Sol. Schwindelerregend?"

Das sollte wohl ein Scherz sein. Ich blickte auf. In den Gesichtern von Trixi und Lara konnte ich keine Regung erkennen, also las ich weiter: „Die Tour setzt absolute Schwindelfreiheit voraus. Entlang der Levada Nova sind etliche ausgesetzte Stellen nicht gesichert. Zum Schutz vor Zecken empfehlen sich lange Hosen. Für den Tunnel

168

benötigt man eine Taschenlampe, für den Wasserfall Regenbekleidung. Ist klar, Mädels."

In der Erwartung, dass sie gleich losprusten würden, sah ich meine beiden Freundinnen fragend an. Keine von beiden lachte.

„Das ist nicht euer Ernst?", fragte ich vorsichtig.

„Es ist eine der schönsten Wanderungen auf der Insel. In Anbetracht dessen, dass wir nur ein paar Tage Zeit haben, sollten wir es einfach versuchen", erklärte Lara. „Das schaffen wir schon. Außerdem steht hier auch, dass der Weg zurzeit ausgebessert wird. Der Wanderführer ist ja nicht mehr ganz neu. Inzwischen sind die Bauarbeiten bestimmt abgeschlossen."

Ich wollte die beiden nicht ausbremsen, hatte aber ein ziemlich mulmiges Gefühl, als wir uns in unserem kleinen Fiesta auf den Weg machten.

„Ich soll euch von Tanja grüßen." Lara blickte von ihrem Handy auf. „Sie wünscht uns eine schöne Zeit."

„Jetzt habe ich es!", rief Trixi plötzlich aus. „Mensch, dass ich da nicht gleich drauf gekommen bin."

„Was hast du?"

„Der Typ."

„Welcher Typ?"

„Na, der Ken eben."

„Du sprichst in Rätseln."

„Ich weiß jetzt, wer der Lover von Barbies Oma, also dieser Linda, ist. Ich habe Tanja doch belatschert, sich bei diesem Portal anzumelden. ‚Traummann finden leicht gemacht‘ oder so ähnlich. Wir haben dort gemeinsam den schönen Klaus ausgesucht, mit dem sie sich ein paar Mal getroffen hat. Er war eigentlich ein bisschen zu jung für Tanja, aber er hat ihr ordentlich den Hof gemacht und sie hat Feuer gefangen."

Ich bekam die Fäden noch nicht ganz zusammen.

„Was hat das denn mit unserem Ken zu tun?"

„Mensch, hast du eine lange Leitung, Filippa. Ken ist Klaus."

„Das kann nicht sein. Ich habe gehört, wie Barbies Oma Jürgen zu ihm gesagt hat."

„Ja, das ist ja das Ding. Der ist nicht echt. Tanja wollte er am liebsten gleich heiraten. Dann hat er versucht, Geld von ihr zu bekommen. Sie sollte mit in seinen Fahrradladen einsteigen. Bei Tanja haben sofort die Alarmglocken geläutet. Sie hat ihm den Laufpass gegeben und sich bei mir ausgeflennt."

„Du meinst also, dass unser Ken so was wie ein Heiratsschwindler ist und diese Linda sein Opfer", schloss Lara messerscharf.

„Genau, Mädels. Wir müssen die Frau warnen."

„Das ist schon zu spät", warf ich ein. „Die sind schon verheiratet. Ich habe gehört, wie sie am Bus mit Herr und Frau Steinberg aufgerufen wurden."

170

Trixi ließ nicht locker. „Trotzdem! Das können wir nicht einfach ignorieren."

„Und wenn du dich täuscht? Vielleicht sehen sich Klaus und Jürgen einfach nur ähnlich."

„Ich täusche mich nicht. Das ist der Typ. Ich werde Tanja mal eine Nachricht schicken. Sie ist zwar seit zwei Monaten mit Tobias zusammen, aber vielleicht ist sie noch in dem Portal angemeldet. Ich würde zu gerne wissen, ob der noch da drin ist."

Mir fiel plötzlich meine Beobachtung nach der Weinprobe wieder ein. „Dieser Ken hat übrigens in Blandy's Wine Lodge, als Linda auf der Toilette verschwunden ist, mit meinem schönen Superagenten heftig gestritten."

„Da habt ihr es", ereiferte sich Trixi. „Ich wusste doch gleich, dass mit dem Kerl etwas nicht stimmt. Wahrscheinlich ist 007 ein bezahlter Killer. Wir müssen dringend etwas unternehmen."

„Ach Süße, du hast eine blühende Fantasie", stöhnte Lara.

„Das Telefongespräch!", mir wurde plötzlich alles klar. „Trixi hat recht. Das ist absolut logisch. Ich habe unseren Agenten belauscht. Er hat bei irgendjemanden Schulden und erwartet in der nächsten Zeit eine höhere Summe. Der meint seinen Lohn für den Mord an Linda."

„Kann man mit euch nicht mal in Ruhe wegfahren?", Lara rollte mit den Augen. „Jetzt möchte ich erst einmal die Wanderung genießen. Also kein Wort mehr von Ken und Barbie."

„Barbies Oma", kicherte Trixi. „Okay, ich sage ja schon nix mehr."

Der Wanderführer hatte nicht zu viel versprochen. Die Ausblicke waren traumhaft und die Landschaft wunderschön. Der Weg ließ sich überraschend gut laufen. Mittags erreichten wir den Tunnel, der für mich eine echte Herausforderung war. Es gibt hiervon sehr viele auf der Insel. Die Levada wird an dieser Stelle ohne Steigung durch einen Berg geleitet. Daneben befindet sich ein steiniger, sehr schmaler Weg, der zur Pflege der alten Wasserleitungen benötigt wird. Ich blickte in die dunkle ungefähr zweihundert Meter lange Röhre, die zu meinem Glück schnurgerade war, so dass an deren Ende ein sehr kleiner Lichtpunkt zu sehen war.

„Hier soll ich durch? Mir wird ganz schlecht."

Lara legte mir tröstend die Hand auf den Arm. „Du schaffst das schon. Das sind doch nur zweihundert Meter. Ich gehe vor und Trixi bleibt hinter dir."

Mir trat der Angstschweiß auf die Stirn, als ich mich vorsichtig in die Röhre tastete. Schon nach zwei Metern war es stockdunkel. Ich konnte nur ein kleines Stück Boden im Lichtkegel meiner Taschenlampe sehen. Die Levada plätscherte munter neben uns her. Ich hoffte, dass ich keinen falschen Schritt machen würde. Während wir uns langsam vorwärts durch die tiefschwarze Nacht tasteten, war mein einziger Gedanke, dass wir schnell und heil an's andere Ende kommen würden. Ich weiß nicht mehr, wie lange wir brauchten. Es kam mir wie eine Ewigkeit vor, bis ich klatschnass geschwitzt auf der anderen Seite des Tunnels angelangt war.

„Super, Filippa", rief Lara begeistert. „Das war doch gar nicht so schwer."

Trixi sah mich prüfend an. „Ganz schön blass um die Nase. Ist dir ein Gespenst begegnet?"

Ich spürte, wie mir der Schweiß über den ganzen Körper lief und bekam keinen Ton heraus.

„Filippa, hallo, wir sind durch." Lara schüttelte mich am Arm. „Schau doch nicht so erschrocken. Du hast es geschafft."

Trixi kicherte. „Filippa hat noch immer einen Tunnelblick."

Ich fand meine Stimme wieder. „Warum ist es denn so heiß in dem Tunnel?"

„Wieso heiß? Es war total kalt da drin."

Mein T-Shirt war auf jeden Fall durchgeschwitzt.

„Angstschweiß", stöhnte ich.

Direkt hinter dem Tunnel plätscherte ein kleiner Wasserfall über einen Felsvorsprung unter dem unser Weg entlang führte. Es hatte lange nicht geregnet, so dass die im Wanderführer empfohlene Regenbekleidung für die paar Tropfen Spritzwasser etwas übertrieben war.

„Jetzt haben wir ja schon die schwierigste Tour gemeistert und es war wirklich sehr schön", erklärte ich auf dem Rückweg.

„Das denkst du", grinste Lara. „Das war doch easy. Ich hätte da noch eine Idee für übermorgen."

„Ich will's gar nicht wissen."

Nachdem wir das Abendessen wieder in dem netten Fischrestaurant am Strand von Ponta do Sol genossen hatten, machten wir es uns vor unserer Hütte auf der Terrasse mit dem atemberaubenden Blick gemütlich und nippten an einem Gläschen Madeirawein.

Trixi hatte tatsächlich Tanjas Zugangsdaten für das Datingportal bekommen und stöberte fröhlich durch das Männerangebot von ‚Traummann finden leicht gemacht'.

„Schaut mal hier, Marathon Manni, der sieht auch wirklich sehr sportlich aus. Der könnte mir schon gefallen."

Lara lachte laut: „Der läuft dir wahrscheinlich ganz schnell davon."

„Dann nehme ich eben den hier man4you, auch nicht von schlechten Eltern."

„Unsere Trixi bekommt Frühlingsgefühle", mischte ich mich amüsiert ein.

„Von wegen Frühlingsgefühle", dementierte Lara. „Bei Trixi ist das wohl eher Altweibersommer."

Wir brachen alle drei in lautes Lachen aus.

„Ich hab's doch gesagt", rief Trixi plötzlich aufgeregt. Sie hatte sich nicht getäuscht. Ken war noch immer auf Frauensuche. Er nannte sich jetzt Alfa Romeo. Was für ein Idiot. Wir beschlossen, Linda zu warnen.

Am nächsten Tag ging die Schnuppertour Funchal für Genießer zuerst in den Monte Palace Tropical Garden, der oberhalb der Stadt liegt. Diesmal nahmen wir den Mietwagen und parkten am Hafen. Barbies Oma und Ken waren wie vermutet wieder dabei. Von 007 war nichts zu sehen.

„Die beiden haben wohl auch Trixis Super-Sonderangebot gebucht", feixte ich.

„Ich dachte, es gefällt euch."

„Das tut es ja auch", beschwichtigte Lara. „Lass dich doch von Filippa nicht ärgern. Genießt mal lieber den Park."

Die Gondelseilbahn „Teleférico" brachte uns bequem auf den Monte. Zu Fuß ging es weiter in den Tropical Garden. Dort führte uns ein älterer Herr durch die unterschiedlich gestalteten Bereiche des Parks. Der Garten war wirklich sehr vielseitig und schön, aber wir konnten die Besichtigung gar nicht richtig genießen. Schließlich hatten wir eine Mission zu erfüllen. Wir mussten diese Linda warnen, doch Ken oder Jürgen oder wie immer dieser Kerl auch hieß, wich seiner Barbie während der ganzen Zeit nicht von der Seite.

„So ein Mist. Wir kommen nicht an sie ran", schimpfte ich mit gedämpfter Stimme.

„Na, irgendwann muss auch eine Barbie aufs Klo, dann hängen wir uns dran", antwortete Trixi.

„Was wollen wir ihr denn eigentlich sagen? Entschuldigung, aber ihr heiß geliebter Ken ist ein Heiratsschwindler. Die wird uns für verrückt erklären."

„Ich werde ihr das Bild aus dem Internetportal zeigen. Wahrscheinlich hat sie ihn dort auch gefunden."

„Mädels, mehr können wir sowieso nicht tun", schaltete sich Lara ein. „Die Frau ist erwachsen. Sie muss selbst entscheiden, was sie mit der Information macht. Wir klären sie auf und genießen dann unseren Urlaub weiter. Basta! Ich bin doch kein Kindermädchen. Ich will Spaß."

„Alles klar, so machen wir das."

Der nette ältere Herr beendete die Besichtigungstour und drückte jedem von uns zwei Tickets in die Hand.

„Vielen Dank für's Zuhören. Ich hoffe, es hat Ihnen gefallen. Sie können gerne noch so lange Sie mögen im Garten verbleiben. Anschließend gehen Sie einfach die Straße hinunter zur Kirche Nossa Senhora do Monte. Sie haben dort einen wunderschönen Blick über die ganze Bucht. Viel Spaß und Hals und Beinbruch bei ihrer Rückfahrt."

Ich warf einen Blick auf die Tickets in meiner Hand. Eins war wohl für einen Linienbus. Auf dem andern stand ‚Carros de Cesto'. Ich schaute Trixi fragend an.

176

„Das ist nicht das, was ich denke? Oder?"

„Warte es doch einfach ab."

In diesem Moment sah ich, dass Barbies Oma und Ken sich von der Gruppe entfernten.

„Los, wir müssen hinterher."

Wir versuchten den beiden recht unauffällig zu folgen, während es in Serpentinen ein kurzes Stück auf einer schmalen Straße bergab ging. Der ältere Herr hatte nicht zu viel versprochen. Der Blick von der Kirche Nossa Senhora war phänomenal. Plötzlich stieß mich Lara mit dem Ellenbogen in die Seite und zeigte mit dem Finger zum Kirchenportal, durch das Linda gerade alleine ins Innere verschwand.

„Ich gehe mit Trixi rein und du behältst den Heiratsschwindler im Auge."

„Alles klar."

Während meine beiden Freundinnen in der Kirche verschwanden, versuchte ich, indem ich so tat, als wäre ich mit meinem Handy beschäftigt, meine Observierung möglichst unauffällig vorzunehmen. Plötzlich sah ich aus den Augenwinkeln meinen Superagenten mit schnellen Schritten die ausladende Treppe, die vor der Kirche lag, hinaufkommen. Er trug eine Kappe, die er tief ins Gesicht gezogen hatte und eine Sonnenbrille. Er lief direkt auf Ken zu und redete eindringlich auf ihn ein. In der Hoffnung, mitzubekommen, worüber die beiden reden würden, ging ich etwas näher heran. Leider kamen nur ein paar Wortfetzen bei mir an.

„Es wird Zeit…die muss jetzt weg…wir brauchen die Knete…"

Mein Herz raste. Das hörte sich doch so an, als wenn die beiden Barbies Oma umbringen wollten.

„Ein Beweisfoto könnte nicht schaden", dachte ich. Ich hob unauffällig mein Handy etwas höher und knipste. Im selben Moment drehten sich beide Männer zu mir um.

„He, was machen Sie denn da?"

„Ich...äh…gar nichts."

Ken kam mit finsterer Miene auf mich zu.

„Oh Jürgen, die Kirche ist wirklich sehr schön. Willst du nicht wenigstens mal kurz mit reinkommen?"

Mir fiel ein Stein vom Herzen. Linda, meine Rettung, lief auf ihren Liebsten zu. Jetzt kamen auch Trixi und Lara aus der Kirche. Ken drehte sich zu seiner Frau um. Den war ich schon mal los, aber da war ja noch 007. Er kam direkt auf mich zu.

„Dann werde ich mich jetzt mal um dich kümmern. Gib mir dein Handy."

Mir brach der Schweiß aus. Plötzlich spürte ich, wie jemand an meinem Arm zog.

„Los komm, lauf."

Einen Moment lang, stand ich vor Schreck wie versteinert da und hatte das Gefühl, dass meine Beine am Boden festgeklebt waren.

„Filippa! Jetzt komm endlich."

Eine Sekunde später rannte ich mit meinen beiden Freundinnen den Berg hinunter. Der Fremde folgte uns mit schnellem Schritt. Im selben Moment sah ich sie vor mir, die weiß gekleideten Männer mit den Strohhüten auf dem Kopf und die Korbschlitten.

„Die Eintrittskarten, schnell", rief Trixi.

In Null Komma nichts saß ich mit Trixi in einem dieser altmodischen Gefährte und die beiden Carreiros gaben Gas. Lara folgte uns mit dem nächsten Schlitten, während unser Verfolger ohne Ticket zunächst ausgebremst wurde.

Im zügigen Tempo ging es die schmale Straße hinunter. Während Trixi die Fahrt zu genießen schien, hielt ich mich krampfhaft fest. Mein großer Strohhut drohte wegzufliegen, so dass ich eine Hand auf meinem Kopf platzierte und mit der anderen den Haltebügel umklammerte. Gut, dass mich mein Mann so nicht sehen konnte, der hätte sich schlapp gelacht.

„Wie geil ist das denn? Das wollte ich immer schon mal machen", schrie Trixi vergnügt während ich mich weiter verkrampfte.

„Ich hoffe, wir überleben das", stöhnte ich, während der Schlitten immer schneller wurde.

Ein junger Mann, der im Weg stand, musste zur Seite springen. Währenddessen nahm sich Trixi Harpe Kerkeling zum Vorbild. Sie mutierte zur Winke-Queen und grüßte erhaben die Schaulustigen links und rechts. Nach kurzer Schussfahrt ging es um eine scharfe Kurve. Ich hatte das Gefühl, dass die Kufen des Schlittens auf der linken Seite leicht abhoben. Dann fuhren wir direkt auf eine schmale Stelle zwischen einem parkenden Auto und der gegenüberliegenden Hauswand zu. „Verdammt", dachte ich. „Die Straße ist mindestens einen Meter zu schmal für uns." Ich sah uns kopfüber aus dem Schlitten fliegen, während wir auf diesen Engpass zurasten. Glücklicherweise hatte ich mich grob verschätzt. Wir passten haarscharf durch, wobei allerdings mein Ellenbogen nähere Bekanntschaft mit dem Außenspiegel des parkenden Autos machte.

„Aua, das wird aber ein riesiger blauer Fleck."
Kurz darauf kam der Schlitten abrupt zum Stehen. Mein Oberkörper kippte unsanft nach vorne und der Strohhut flog im hohen Bogen davon. Ich stieg vorsichtig aus und zählte meine Gliedmaßen. Zwei Arme, zwei Beine, alles noch dran. Trixi warf unseren beiden Carreiros einen verführerischen Blick zu.

„Das war wundervoll. Sie sind wirklich sehr gefühlvoll und geschickt gefahren."
Ich hatte keine Ahnung, wie viel die Jungs verstanden hatten. Auf jeden Fall erntete meine Freundin ein paar bewundernde Blicke. Typisch Trixi!
Von Agent 007 war glücklicherweise noch nichts zu sehen. Wir folgten den anderen Touristen und fanden auch gleich den Bus, der uns wieder in die Stadt bringen sollte. Zum Glück waren wir just in Time, so dass wir gerade noch einsteigen konnten,

bevor der Fahrer die Türen schloss. Ich ließ mich erschöpft auf einen freien Sitz plumpsen.

„Den haben wir abgehängt", grinste Trixi schadenfroh. „Wie im Krimi! Rebläuse auf geheimer Mission! Filippa, was hast du denn eigentlich angestellt? Warum wollte dieser Typ denn dein Handy?"

Ich erzählte den beiden, was vorgefallen war. Jetzt war ich aber echt neugierig.

„Was hat denn nun diese Linda gesagt?"

„Die war zu Anfang ziemlich pampig und wollte uns nicht zuhören."

„Das kann man ja wohl auch verstehen. Ich hätte uns auch für verrückt erklärt. Schließlich ist die ja total verliebt in den", warf Lara ein.

„Ja und dann? Jetzt lasst euch doch nicht jedes Wort aus der Nase ziehen."

Lara grinste. „Unsere Filippa ist ja ganz schön neugierig. Also, Trixi hat ihr Kens Bild in dem Datingportal gezeigt. Da wurde sie zuerst etwas unsicher. Sie hat dann aber gesagt, dass das wahrscheinlich nur ein Versehen ist, da sie ihn auch dort kennen gelernt hätte. Wahrscheinlich wäre das Bild vertauscht worden. Trotzdem hat sie meine Visitenkarte, die ich ihr in die Hand gedrückt habe, in ihre Hosentasche gesteckt. Dann hat sie sich rumgedreht und ist aus der Kirche gelaufen. Den Rest kennst du."

Der Bus stoppte abrupt, so dass Trixi, die die ganze Zeit gestanden hatte, fast umgekippt und bei einem älteren Herrn auf dem Schoß gelandet wäre.

„Mensch Trixi", tadelte Lara die Freundin. „Kannst du denn nicht einmal aufpassen?"

Wir machten einen kurzen Stopp am Supermarkt und fuhren dann zurück in unser kleines Haus, um den Abend auf der Terrasse zu genießen. Unseren mutmaßlichen Heiratsschwindler konnten wir aber nicht vergessen.

„Was ist, wenn der Ken die Barbie wirklich umbringt. Sind wir dann nicht auch ein bisschen mitschuldig?", fragte Trixi besorgt.

„Was sollen wir denn unternehmen? Willst du vielleicht zur Polizei gehen? Wir haben doch nichts in der Hand." Lara war wie immer vernünftig und besonnen.

„Aber ich habe doch gehört, was der Kerl gesagt hat. Die muss jetzt weg. Das ist doch ganz eindeutig. Wir können doch nicht so tun, als wäre nichts passiert", versuchte ich zu vermitteln.

„Also Mädels, jetzt seid doch mal vernünftig. Die muss jetzt weg, kann doch alles bedeuten. Was wollt ihr denn der Polizei erzählen? Wir glauben, dass Ken Barbies Oma umbringt. Sie müssen den einbuchten? Wir haben diese Linda gewarnt. Mehr können wir nicht tun. Wir machen jetzt Urlaub. Prost!"

Lara hob ihr Glas mit dem Madeirawein und nahm einen großen Schluck. „So, und jetzt besprechen wir mal unsere morgige Tour. Ich habe uns schon etwas ausgesucht."

Sie drückte mir den aufgeschlagenen Wanderführer in die Hand.

Ich stöhnte, als ich einen Blick auf die Überschrift warf und las laut vor: „Entlang der höchsten Gipfel: Vom Pico do Arieiro zum Pico Ruivo und zurück. Im Auf- und im Abstieg jeweils 700 Höhenmeter. Och nö, ich dachte, wir hätten Urlaub und würden uns erholen."

Lara legte mir beschwichtigend die Hand auf den Arm. „Du wirst diese Wanderung lieben. Meine Kollegin Pia war im letzten Jahr hier. Es soll wirklich spektakulär sein."

„Sehr traumhaft. Ich habe das schon mal bei Wunderschön im WDR gesehen", ergänzte Trixi. „Allerdings müssen wir früh losfahren, damit wir die kühlen Morgenstunden zum Wandern nutzen können. Ich bin jetzt schon müde, wenn ich ans Aufstehen denke."

In diesem Moment klingelte Laras Handy.

„Hallo!... Ach sie? ...Ja..."

Lara verschwand mit dem Handy im Haus. Trixi sah mich fragend an und zuckte mit den Schultern. Kurze Zeit später erhielten wir dann die Erklärung. Barbies Oma, also Linda Steinberg, hatte sich tatsächlich gemeldet. Sie hatte zuvor heimlich mit einer Freundin telefoniert und machte sich jetzt doch Sorgen. Wie der Zufall es wollte, hatte ihr Jürgen für morgen eine Wanderung von Gipfel zu Gipfel geplant und wollte ganz früh mit ihr los, damit es im Berg noch nicht so voll wäre.

„Aber, das ist ja genau unsere Wanderung", rief Trixi aufgeregt. „Wir müssen Linda beschützen."

„Wir brauchen eine gute Stunde mit dem Auto bis zum Ausgangspunkt. Mädels, da müssen wir aber bei Sonnenaufgang starten.

Ich schaute die beiden Freundinnen mit großen Augen an. „Das ist tatsächlich euer Ernst, oder?" Die beiden nickten.

„Start fünf Uhr dreißig. Frühstück fällt aus."

Es war viertel vor sechs am nächsten Tag, als die Sonne vorsichtig hervorlugte und wir im Wanderdress mit Rucksack im Auto saßen. Die Fahrt ging zunächst durch Funchal und dann immer bergauf Richtung Pico do Arieiro. Trixi saß am Steuer, was mir ein bisschen Angst machte. Ich schloss zunächst einfach die Augen und stellte mich schlafend. Während sich der Wagen langsam durch die Berge nach oben schraubte, wurde es immer nebliger.

„Ich glaube, die Bergtour können wir vergessen." Ich versuchte meiner Stimme keinen triumphierenden Klang zu geben.

„Das sieht nicht gut aus", stimmte Trixi zu, während sie das Auto weiter die Serpentinen hoch quälte. „Aber wir müssen uns um Linda kümmern. Im Nebel hat ihr Ken ein leichtes Spiel. Der schubst sie einfach den Berg hinunter und keiner sieht es."

„Und wie willst du das verhindern?", fragte ich vorsichtig.

„Weiß ich noch nicht. Wir müssen das von der Situation abhängig machen und einfach spontan entscheiden."

„Das ist ja mal ein toller Plan. Hoffentlich gehen wir nicht alle mit dabei drauf. Also gut, auf in den Nebel des Grauens."

Ich holte meine Handtasche heraus und zog mir die Lippen sorgfältig nach. Wenn ich schon sterben musste, wollte ich dabei wenigsten gut aussehen.

Kurz bevor wir unser Ziel erreichten, stießen wir durch die Wolkendecke. Außer uns waren auf dem Parkplatz auf dem Pico do Arieiro nur ein weiterer Mietwagen und ein Geländewagen.

„Der kleine Punto gehört bestimmt Linda und Jürgen", vermutete Lara.

„Hoffentlich gehört der Geländewagen nicht Agent 007", ergänzte ich.

Restaurant und Souvenirshop waren noch geschlossen, was kein Wunder war, denn als wir ausstiegen, merkten wir, dass die Temperaturen wenig sommerlich waren. Ich hatte das Gefühl, dass sie nahe dem Gefrierpunkt lagen. Zu allem Überfluss wehte noch ein kühler Wind.

„Super, dass wir die kühlen Morgenstunden zum Wandern nutzen." Diese Stichelei konnte ich mir nicht verkneifen.

„Das habe ich mir ehrlich gesagt, so nicht vorgestellt", gab Lara kleinlaut zu. „Aber wir hatten ja auch wegen Linda keine andere Wahl."

Wir zogen Fleeceshirts und Regenjacken übereinander und machten uns auf den Weg in eine unwirkliche Mondlandschaft mit Blick auf die dichte Wolkendecke. Während wir im Gänsemarsch dem Wanderpfad folgten, wurden meine Finger steif vor Kälte und meine Laune sank passend zur Temperatur auf den Gefrierpunkt.

„Ich glaube, ich bin echt bekloppt, mit euch hier oben herumzulaufen. Normale Urlauber liegen um diese Uhrzeit noch im Bett oder frühstücken gemütlich im Hotel. Ich dachte, wir machen eine Erholungsreise. Aber nein, einfach entspannen kann man ja mit euch nicht. Wir schlittern mal eben in einen Krimi und treffen einen Heiratsschwindler, der seine Frau umbringen will. Bei der gefährlichen Verfolgungsjagd mit dem Schlitten wären wir fast gestorben. Ich muss vor Sonnenaufgang aufstehen, leide an Schlafentzug und erfriere hier bestimmt. Wenn ich mir den Berg so anschaue, sieht das auch nicht nach einem Spaziergang aus und zu allem Überfluss wartet irgendwo auf der Strecke ein Mörder auf uns. Toll!"

„Filippa, es reicht."

„Schon gut. Tut mir leid."

Nachdem wir eine Weile gelaufen waren, begann die dichte Wolkendecke unter uns aufzureißen. Sonnenstrahlen spielten mit einzelnen

Nebelfetzen, die sich lösten und nach oben abzogen. Der Blick wurde immer freier und die Luft begann sich zu erwärmen. Ich hätte den wundervollen Ausblick gerne genossen, aber die Aussicht, gleich auf diesen Jürgen zu treffen, ließ mich mehr und mehr Angst fühlen.

„Schaut mal da vorne." Trixi zeigte auf zwei Wanderer, die ein Stück vor uns waren und beschleunigte ihren Schritt. „Das könnten doch Ken und Barbies Oma sein. Vielleicht will er sie gleich den Berg herunterstürzen. Wir sollten…"

„Pass doch auf", fiel Lara ihr ärgerlich ins Wort. „Wenn du so rennst, stürzt du gleich selbst den Berg hinunter."

Die Warnung war berechtigt, denn der Pfad war an einigen Stellen wirklich sehr schmal, wobei der größte Teil des Weges allerdings mit Seilen gesichert war. Wir kamen flott voran, so dass wir bald nahe an die beiden anderen Wanderer herankamen.

„Filippa", stellte Trixi flüsternd fest. „Das sind wirklich Linda und Jürgen."

Ich nickte zustimmend.

Wir hatten die beiden fast eingeholt, als der Weg einen Knick machte und in einen kurzen Tunnel mündete. Das Paar verschwand aus unserem Blickfeld. Trixi schaute vorsichtig um die Ecke. „Zurück", schrie sie plötzlich und schob uns zur Seite. Wir drückten uns an den Rand des Tunnels. In diesem Moment kam ein Mann im Laufschritt um die Ecke und rannte Richtung Parkplatz zurück. Ich war nicht überrascht, als ich ihn erkannte. Es war der schöne Superagent 007. In seiner Eile hatte er uns glücklicherweise nicht bemerkt.

„Los, schnell." Trixi lief mit der Taschenlampe in der Hand voraus durch den Tunnel, an dessen Ende wir Linda sahen, die verzweifelt versuchte, sich gegen ihren Mann zu wehren.

„Der bringt sie um", schrie ich.

In diesem Moment war Trixi schon neben Jürgen und schlug ihm mit voller Kraft mehrmals die Taschenlampe auf den Kopf. Der große Mann ging zu Boden.

„Du Schwein, lass sie sofort los." Trixi hörte gar nicht auf zu schlagen. Blut strömte dem Typ über das Gesicht. Linda, die zunächst nur erschrocken daneben gestanden hatte, löste sich plötzlich aus ihrer Starre und begann, gegen den Körper ihres Mannes zu treten, so dass dieser gefährlich nah an den Rand des Pfades geriet, neben dem es ohne Sicherung steil bergab ging. Trixi bückte sich und nahm entschlossen das rechte Bein des Heiratsschwindlers.

„Los, Mädels! Der hat es nicht besser verdient. Auf Drei!", kommandierte sie. Wir stellten uns in einer Reihe auf. Es war ganz leicht. Der Körper rollte über den Rand und landete viele Meter tiefer auf einem steinigen Felsen.

Wir sahen uns erleichtert an. Linda begann zu weinen. Die Wimperntusche lief ihr über das Gesicht.

„Danke", presste sie schluchzend hervor. „Ich danke euch. Ihr habt mir das Leben gerettet. Wenn ihr ein paar Sekunden später gekommen wärt, läge ich jetzt dort unten. Dieser Typ, der muss euch entgegengekommen sein. Der hat den Jürgen angestachelt. ,Sieh zu, dass du die Alte endlich loswirst', hat er gesagt. ,Ich warte auf dem Parkplatz auf dich.' Wieso habe ich euch in der Kirche nicht gleich geglaubt. Ich wollte es einfach nicht wahrhaben, weil ich Jürgen so geliebt habe. Dieses Schwein. Jetzt muss ich auch noch die trauernde Witwe spielen und irgendwie schlüssig erklären, wie dieser Unfall passiert ist."

Trixi grinste verschmitzt.

„Ich weiß was Besseres. Lasst uns mal zurückgehen."

Wir machten uns auf den langen Weg und nutzten die Zeit, einen genauen Plan zu schmieden.

Der Geländewagen war verschwunden, als wir zum Ausgangspunkt zurückkamen. Agent 007 musste mitbekommen haben, was passiert war. Inzwischen hatte sich der Parkplatz gut gefüllt. Wir betraten das Restaurant. Ich ging direkt auf den Kellner zu, der zum Glück Englisch sprach. „We need help. Please, can you call the police for us?"

Wir setzten uns an einen Tisch. Der Kellner brachte uns Tee. Mir wäre in diesem Moment ein Schnaps lieber gewesen. Als die Polizisten erschienen, erläuterte Linda auf Englisch und mit Hilfe von Händen und Füßen, was geschehen war.

„Wir waren alleine auf dem Wanderweg, als dieser große Fremde auftauchte. Er hat meinen Mann einen Verräter genannt. Ich glaube, die beiden kannten sich. Sie haben gekämpft, bis Jürgen abgestürzt ist. Wenn diese drei netten Damen nicht plötzlich aufgetaucht wären, hätte der mich bestimmt auch umgebracht. Nein, ich habe keine Ahnung, wer das war und was dieser Mörder von uns wollte."

Die Polizeifahndung war schon nach kurzer Zeit erfolgreich. Der Geländewagen samt Fahrer wurde gefunden. Jürgens Leiche konnte geborgen werden. Die Gerichtsmedizin stellte später fest, dass er sich beim Sturz starke Kopfverletzungen zugezogen hatte, die tödlich gewesen waren. Sein Mörder würde wohl für eine lange Zeit in den Knast wandern. Weitere Ermittlungen ergaben, dass es sich bei Ken und unserem Superagenten um Brüder handelte, die der deutschen Polizei wegen diverser Betrügereien bereits bekannt waren. Warum 007 seinen Bruder umgebracht hatte, blieb für immer ungeklärt.

Wir drei konnten nach diesem aufregenden Abenteuer unseren wohlverdienten Urlaub fortsetzen.

„Hier gehe ich für den Rest der Woche nicht mehr weg", verkündete ich, als ich endlich mit einem Glas in der Hand auf unserer Terrasse mit dem herrlichen Blick über die Bucht saß. „Ihr müsst nur genug Madeirawein kaufen."

Trixi lachte. „Ich schließe mich an."

Lara kam mit dem Wanderführer in der Hand aus unserem Ferienhäuschen.
„Ich habe schon eine Tour für morgen herausgesucht. Wollt ihr mal sehen?"

Weitere Bücher:

MordsAbgang / ISBN 9783935500272
Preis 8,99 € / Verlag Wortspiel Literatur e.V.

MordsAbgang Blutrot/ ISBN 9783935500388
Preis 9,90 € / Verlag Wortspiel Literatur e.V.

Informationen unter
www.KallweitsKrimis.jimdo.com
www.fb.com/KallweitsWeinkrimis

Nachrichten senden an:
mail@KallweitsKrimis.de